石川　透編

室町物語影印叢刊　27

物くさ太郎

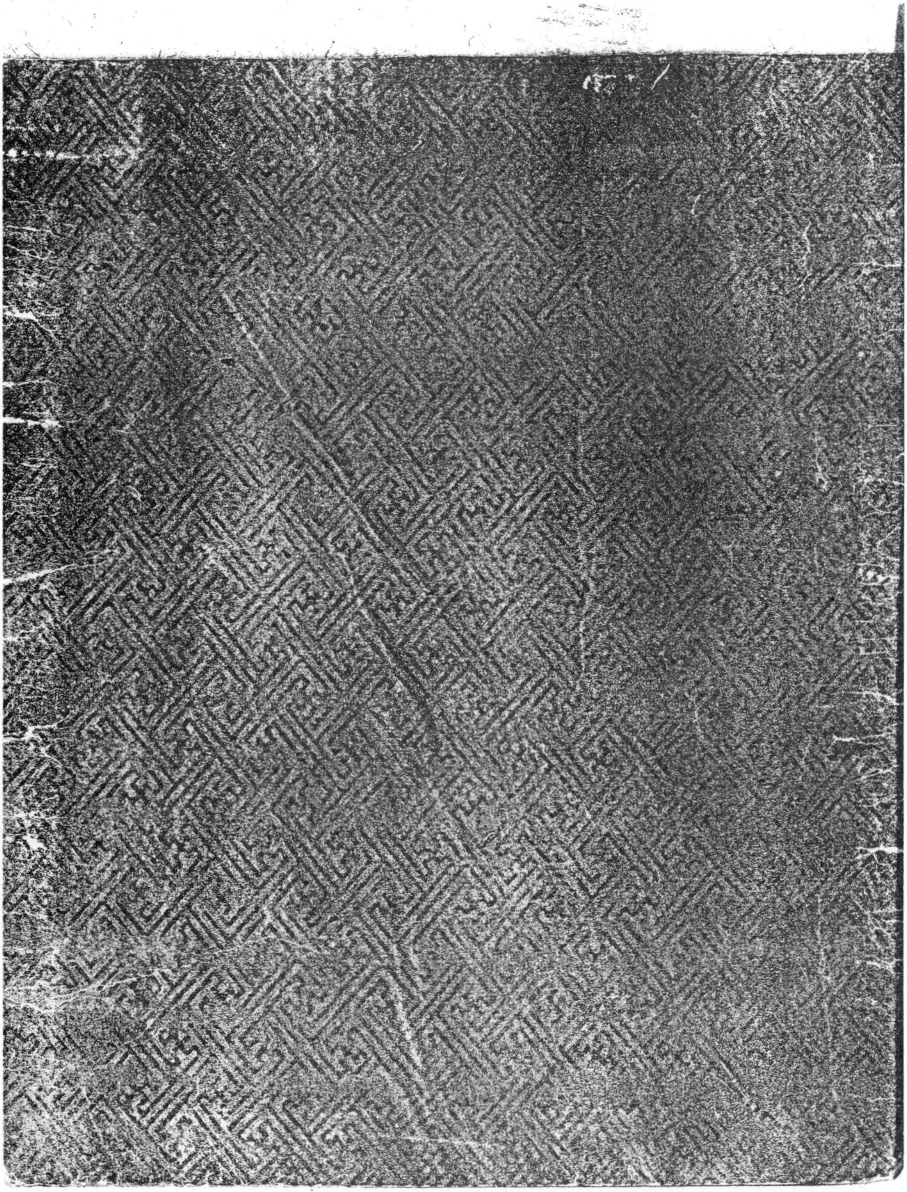

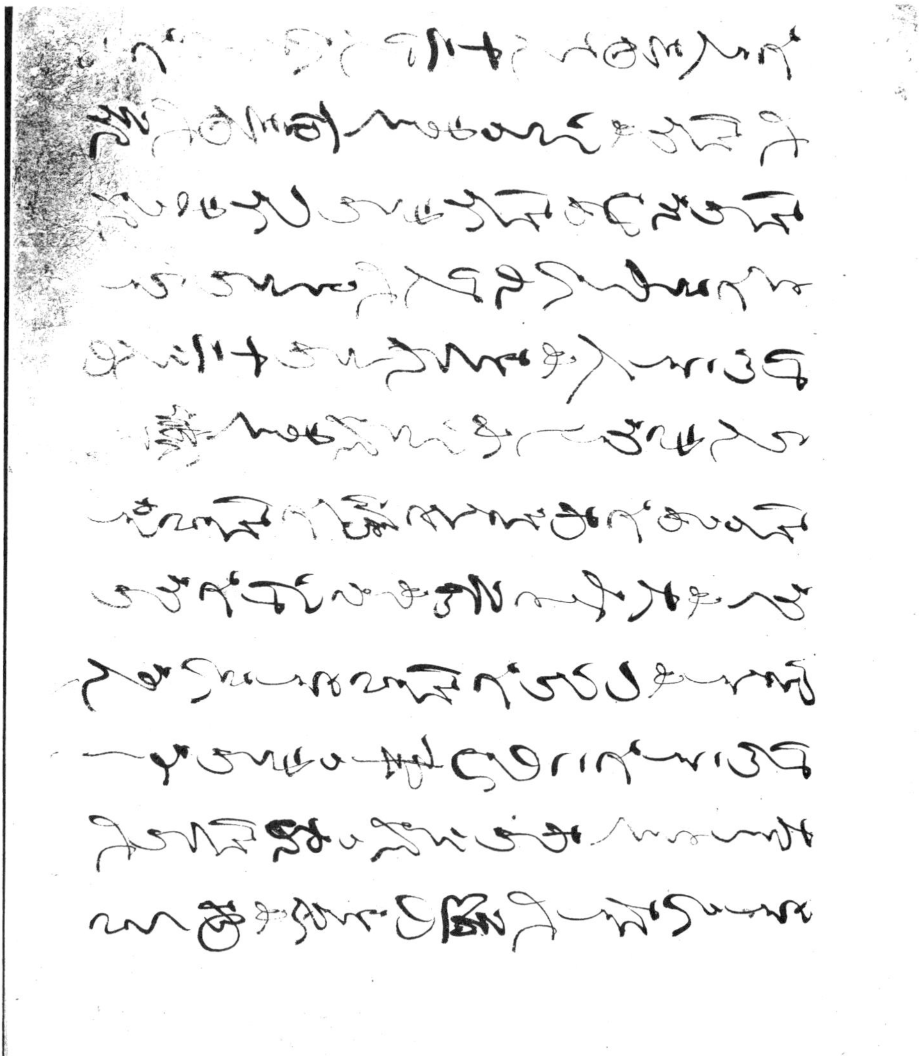

いてゆきあやめしきこそしんそて
しやうとなりけるうちにたりまた
ぐみいまにたる金銀をちりばめたる庭う
らくれうをとりけるる居ととさ
かうひゆふへしをはらりたとへ
たやとれ花人ともいますらうしくれく
くうちくかくれてく雪見やまと
竹ゑんぬこうしとうけく居さわ
けお面れかる日又日のてるみこころひ
なうはここうもあすひくれたし
あれはらかうろやしとやしそこともちられ
きしとこのむかうきうりなし芸を
ときしそすひくおかうわきされ文ゐみ

ちうこひそあつめいうろまそていらと
うしくたらいぬ事なし四ある十
日ちらわもしなきおほすかきれ来
てある同なさけありまれ人のりとよ
て餅あらいゝぬをもくしあたう
ひとくつゝしとらまらぬさる
あなもよろこひ一度めでたう
ぬとアツアリあしく大りやくぬ
いかちのころのみありるきとおり
ちりしあしまありておもてしこの所
てし人れあとらりん用まくさた
みりこゝろやとおりひりら一つとくとうし
たなさ千すりくためい川ちてらめへ

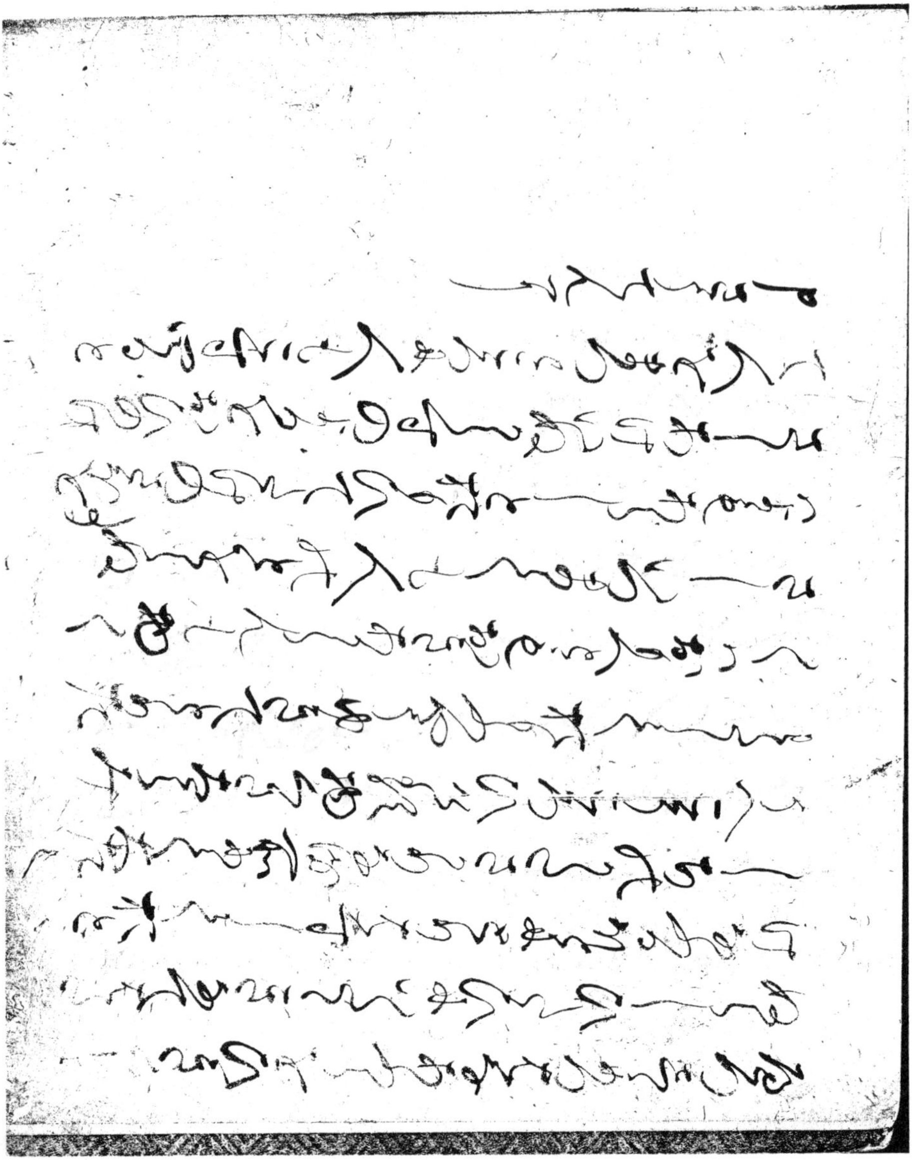

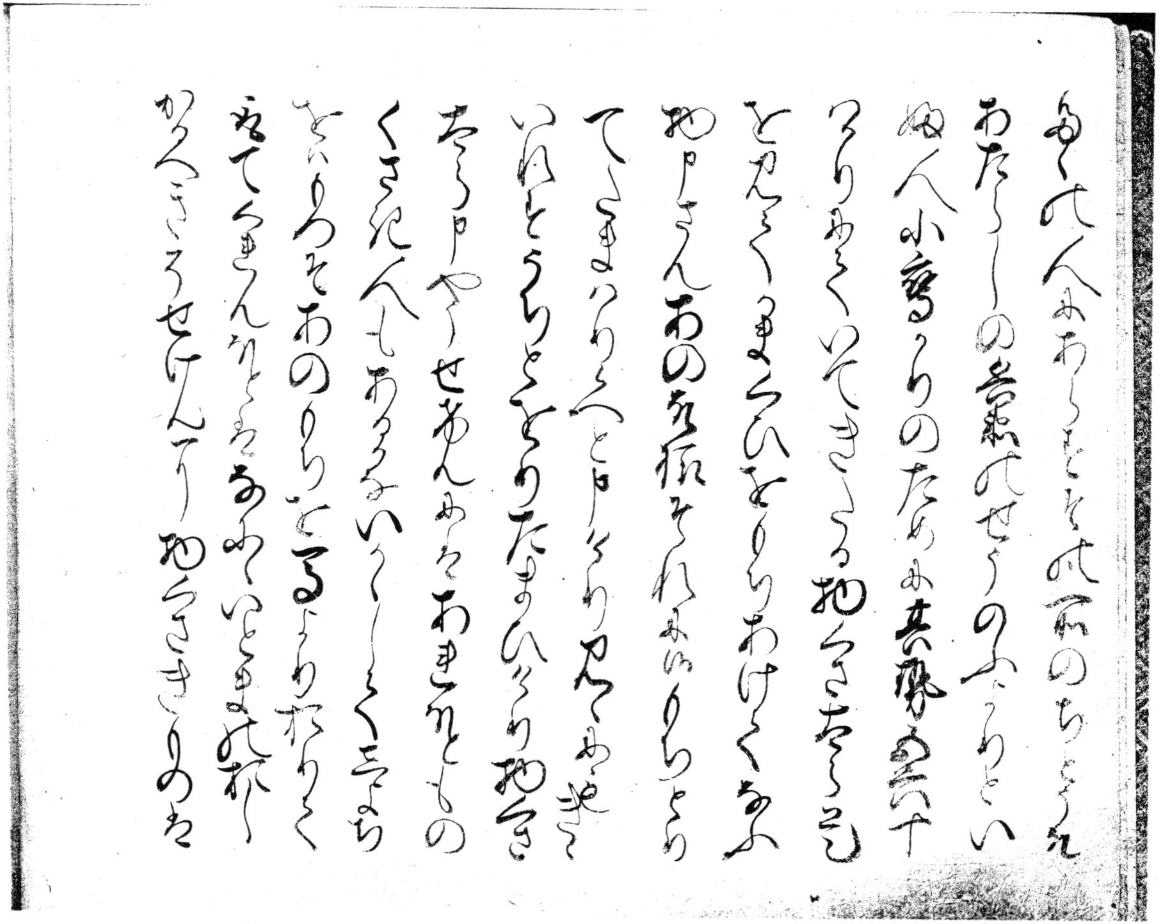

おくありあらうめしの屋やとい
あなたこころやすきものなり学問の
せうあしさまに人なるいたりそれ
ていりやうのさいらくをめしそこなたへ
ゆくされとも御よせし人なれくるを
ともおもひをけつたこれにきてそよ
ひとるわるさなこととつふりのとて
かく其時こころくやうやさんぬる
うわとも大きに心みめぐりつと
ひやし恋のやつれおもひとけりてとめて
いふかしくするとのたまへいさんぬ
人の物ともしひは時いまつりぬと
やられんさてはあの人のよみかうら

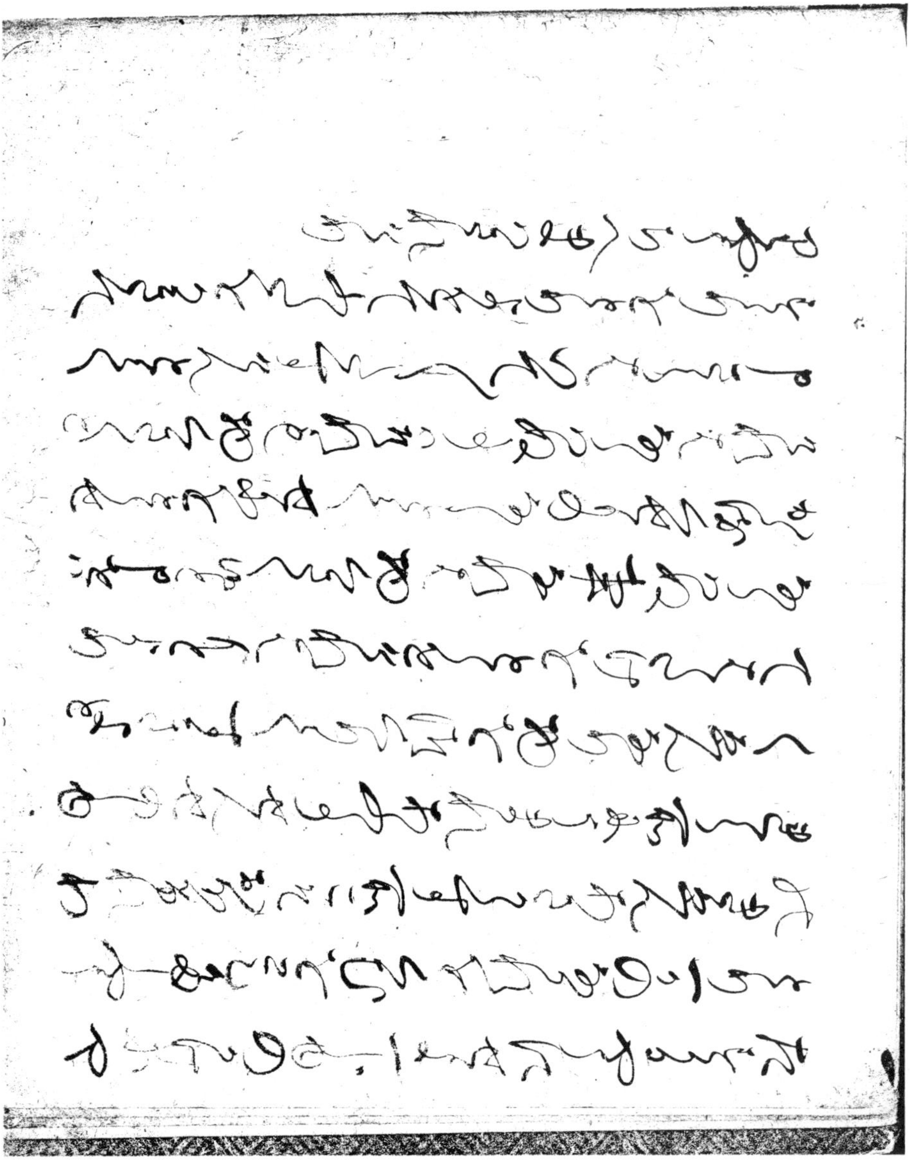

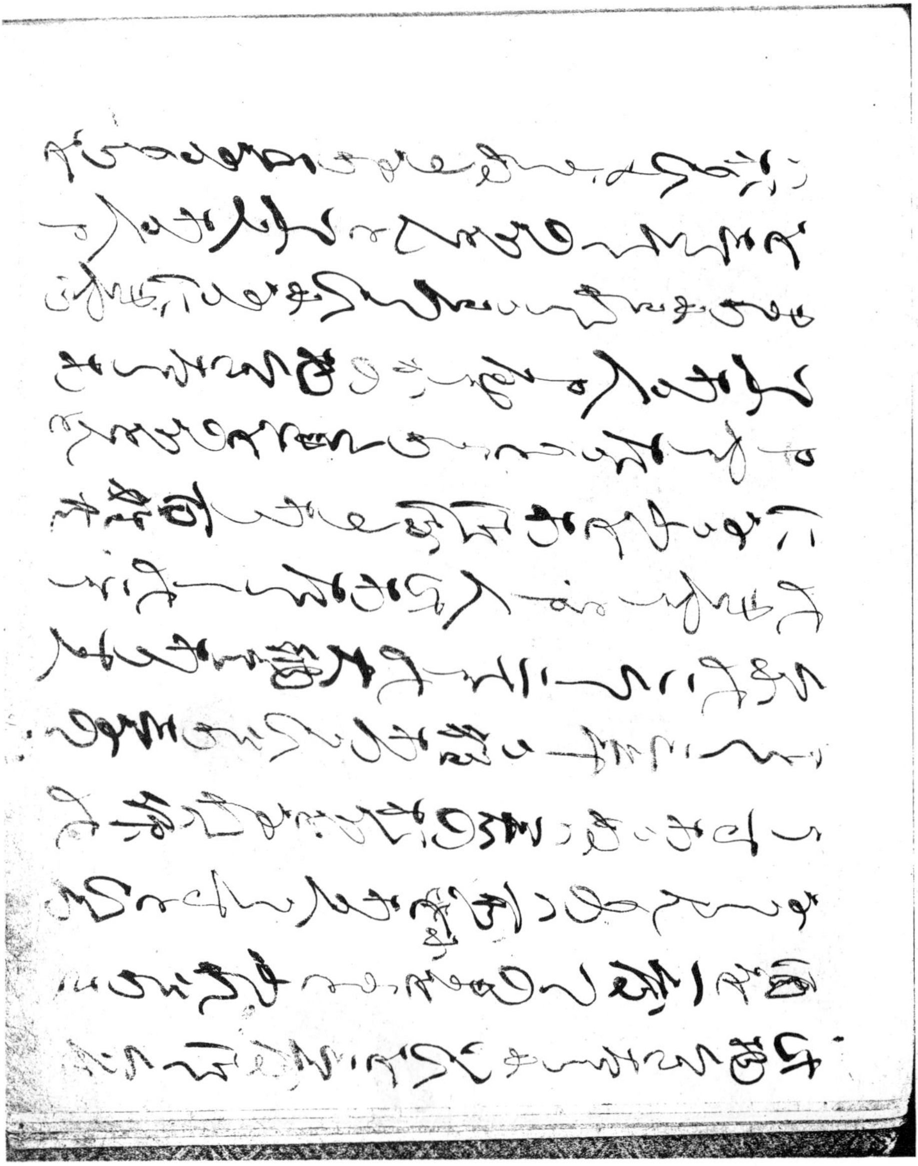

おもしろくめでたしとのたまはすし
てちかとしれみとりくらしてとて猶
ぬりのさかなをせん事おもひも
よらすとりなはせは又あるへいかにやわ
ちさなされまわ大すぬくしにおこ
つもろくと隙もありくへしとて大
車のみちとは御すめくそうやこ
へなかみとやしのあらわてそれはいく
ひかちろわなかきぬかしくちとてふ長
きぬそろれなくはされしかやうある
りの中にりうやこえんとはかなえ
はうつをやとなかみといふかわそれなと
ぬつしの陰らわらしるかかわなと

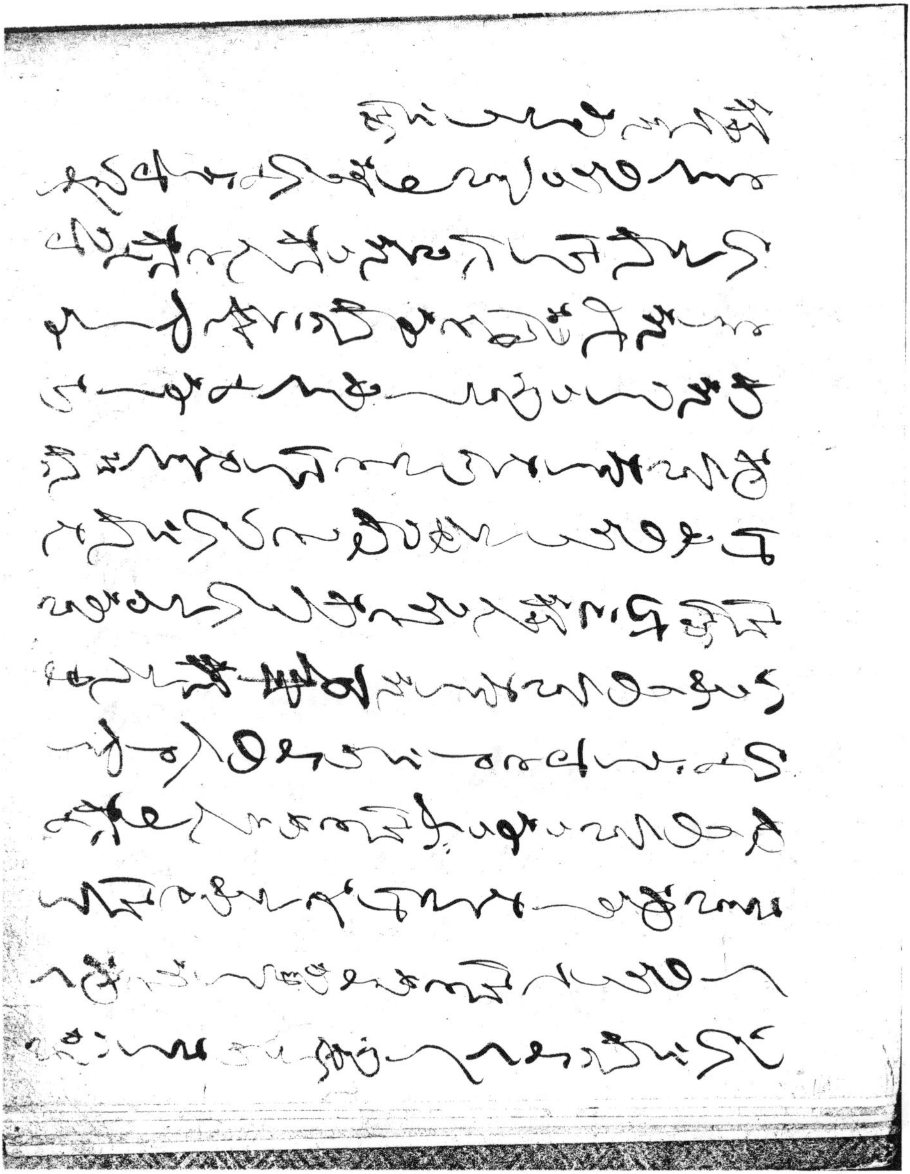

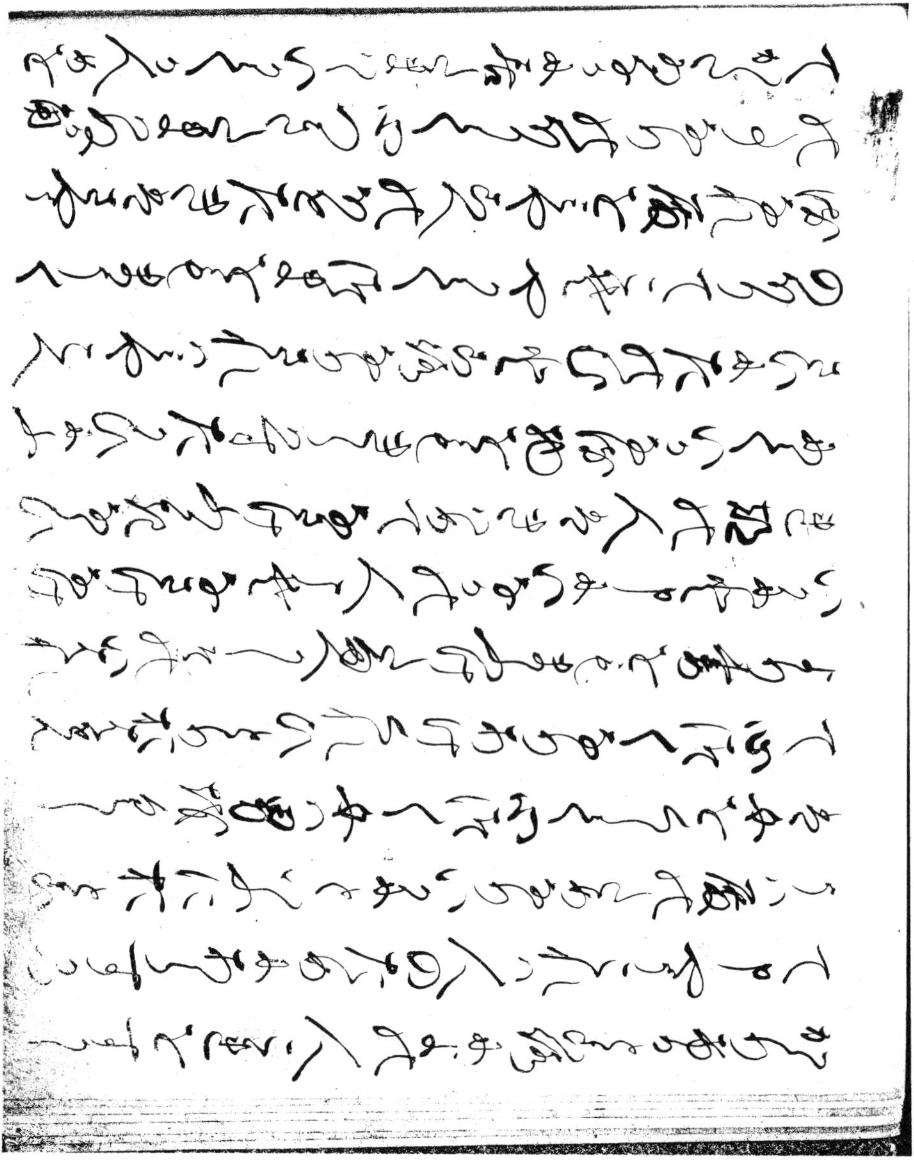

もんのうちへともなくさめたまふなることゝめ
られハおくさまへうちてときこへくなれは
うはさんなれ共儀めくくあるましい
そくさのかをしまへのかんとり百疋
きみよりこひてよろこびとらおかく
とくをはらり京へ移なくめくりてこれハ
あまめく國よりまいりてものめくて
と京もうんへうまことかくくあまきれとい
ろうきもめをいまくとかへすとくくわ
らひくり

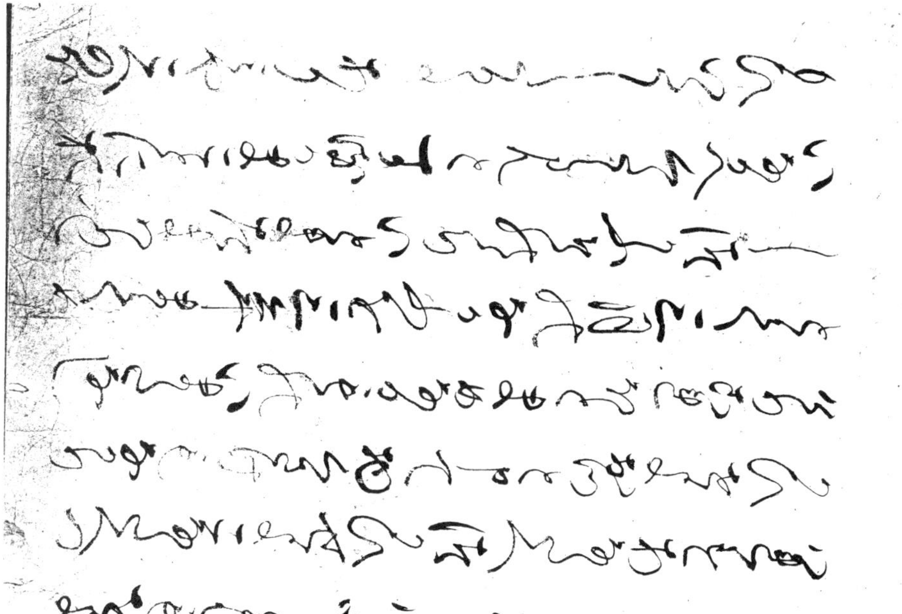

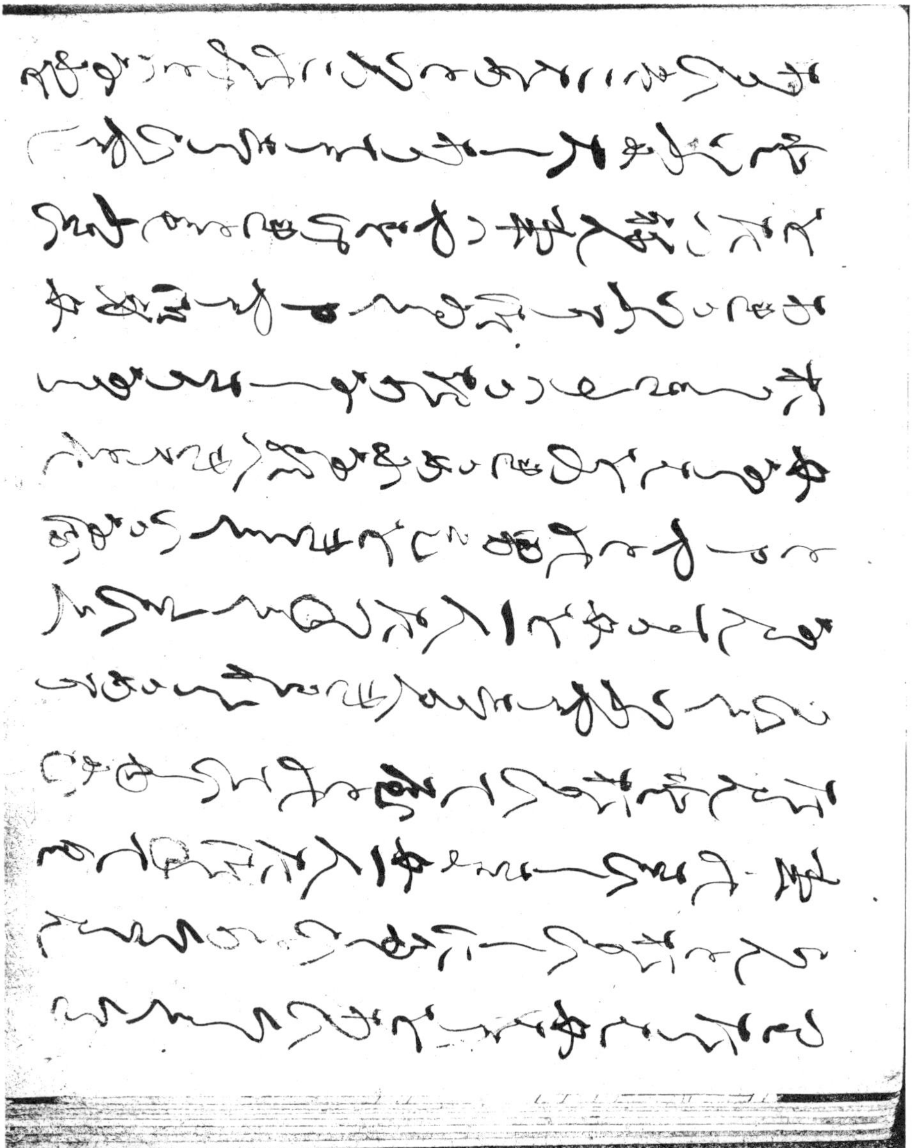

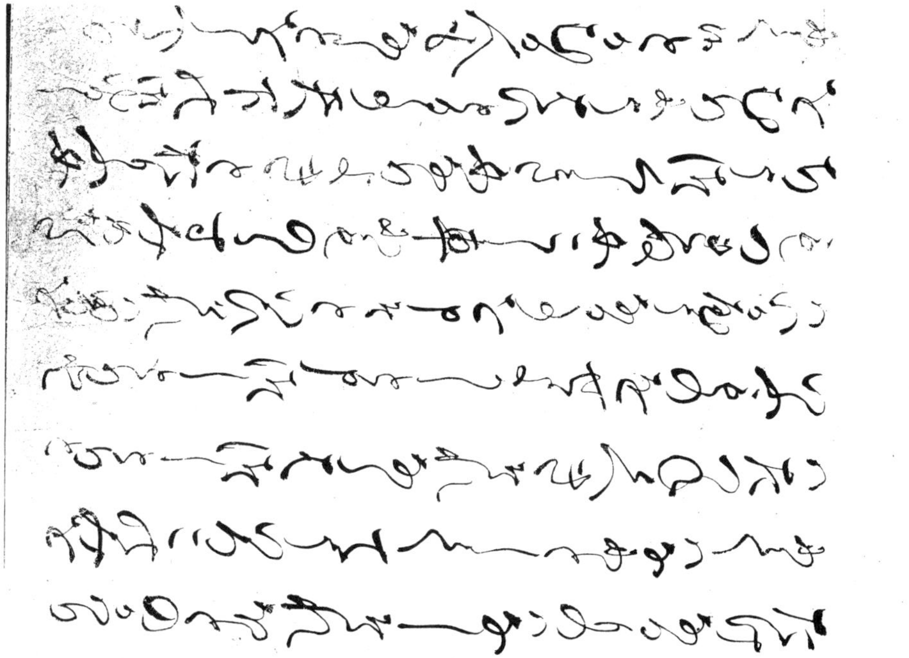

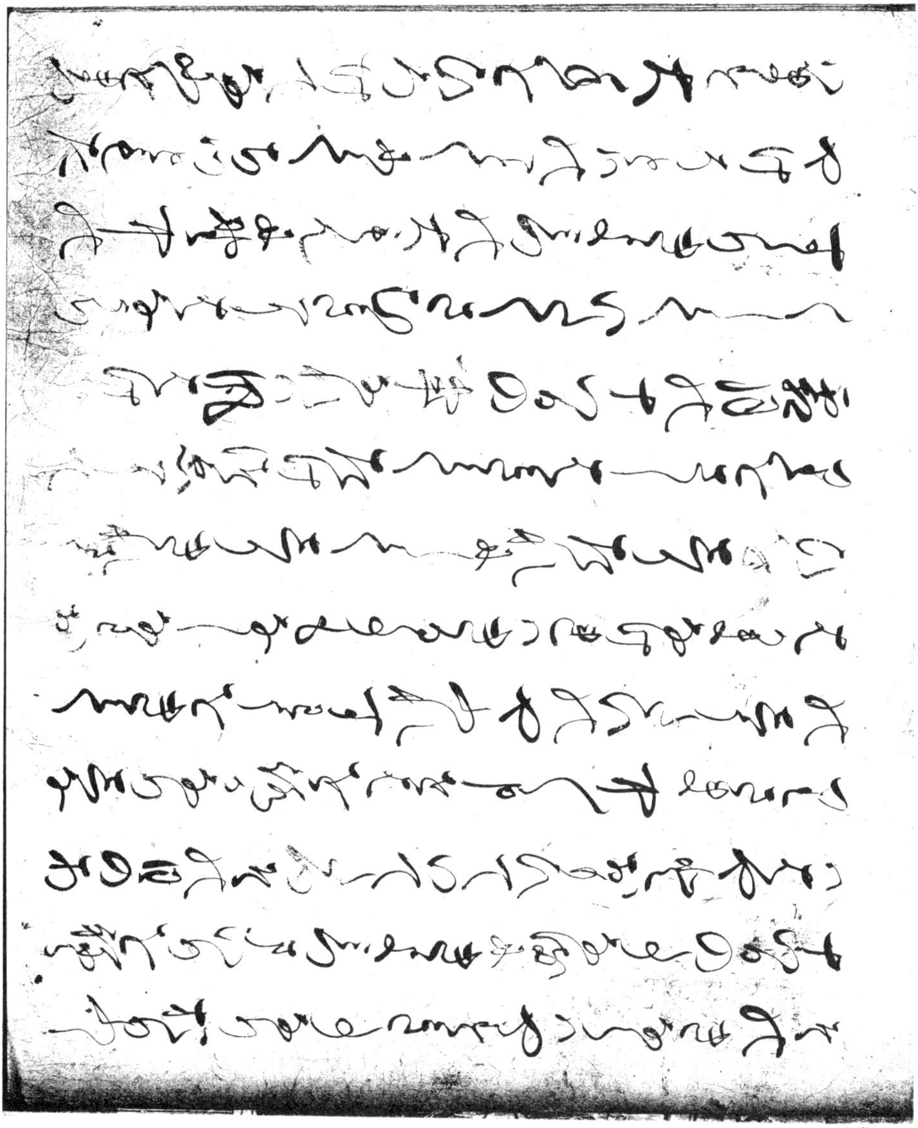

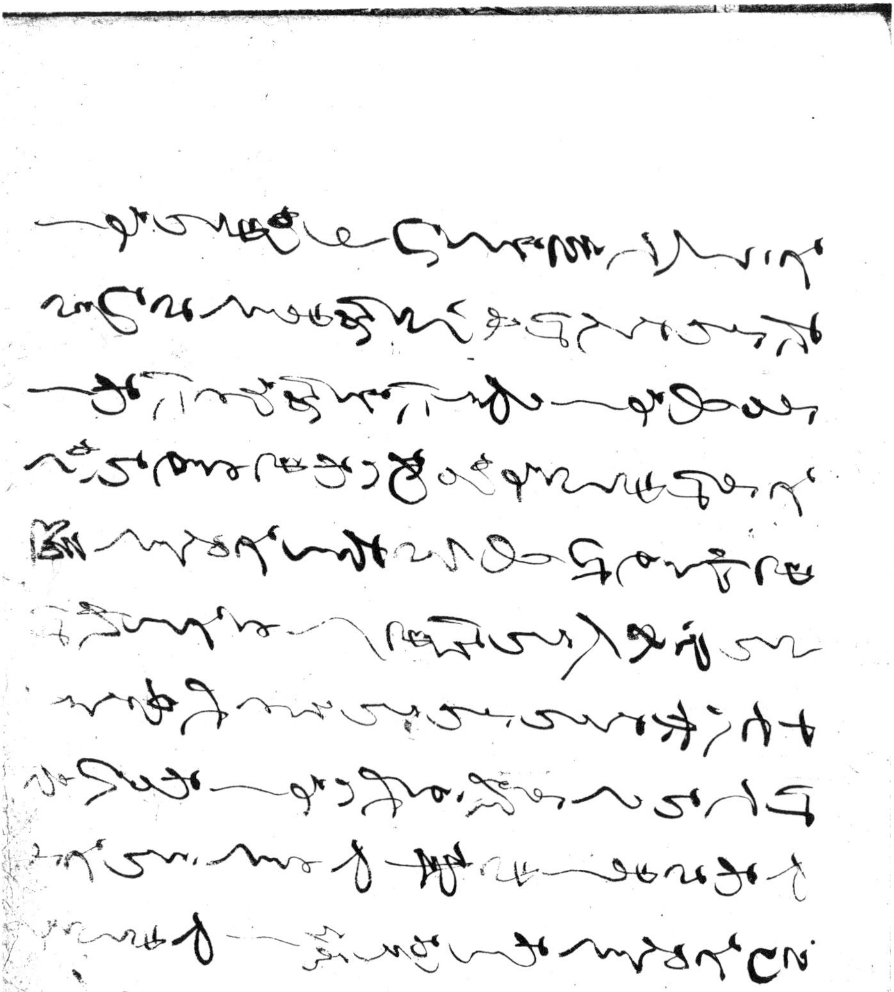

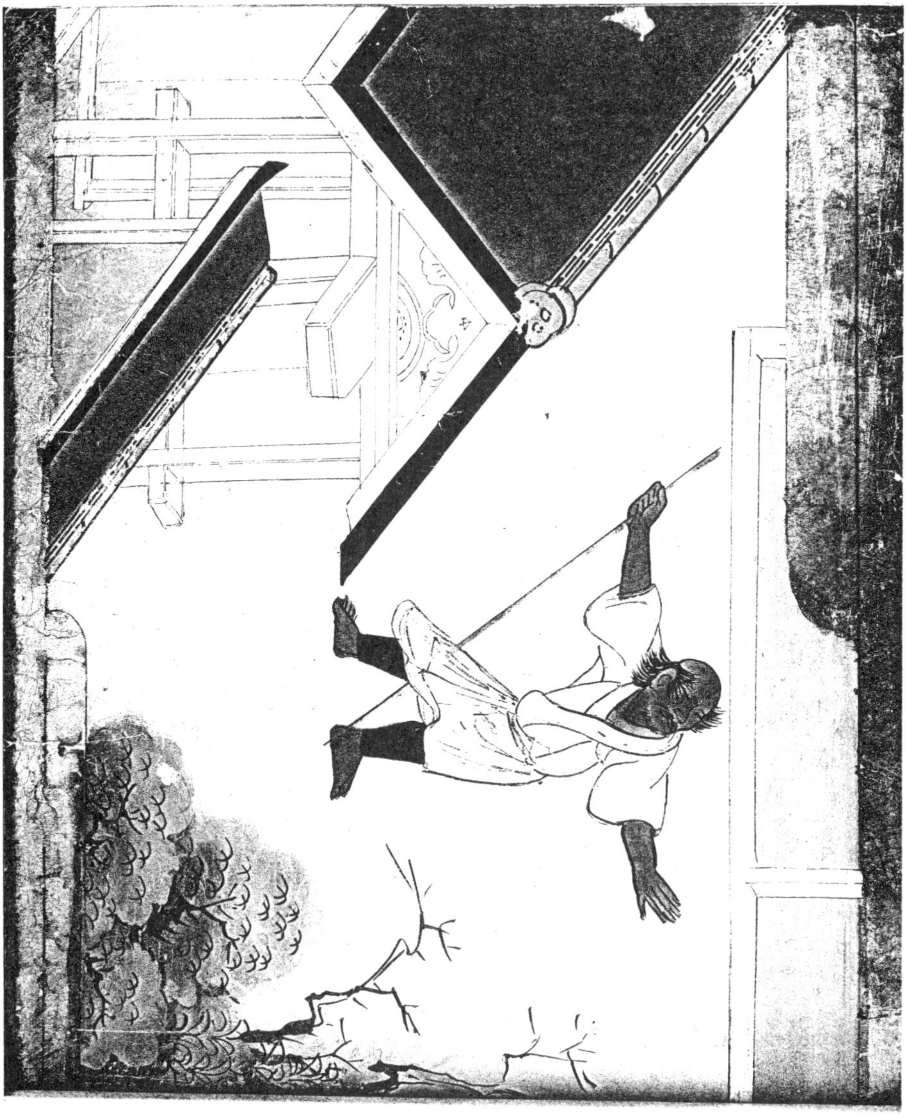

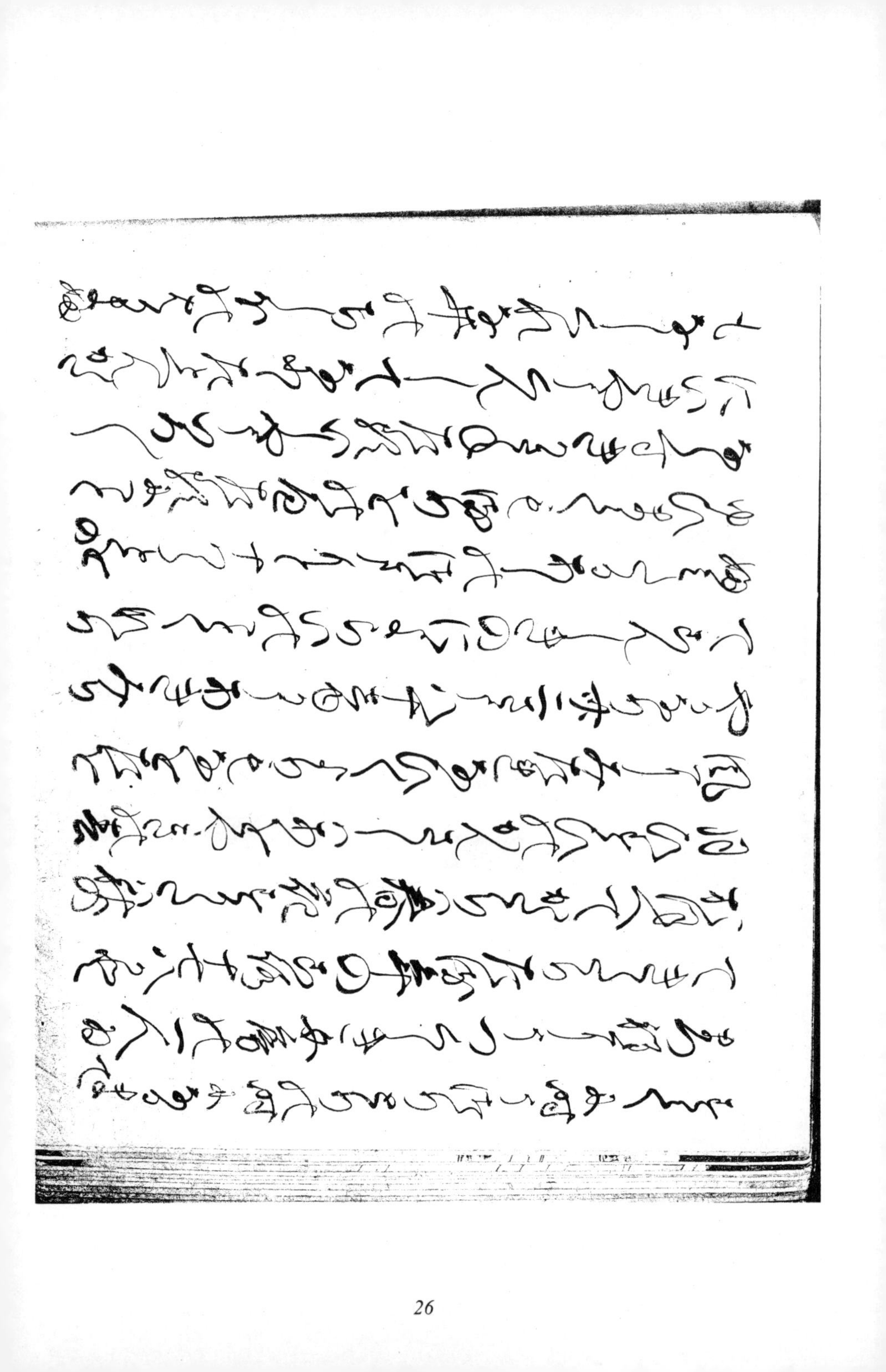

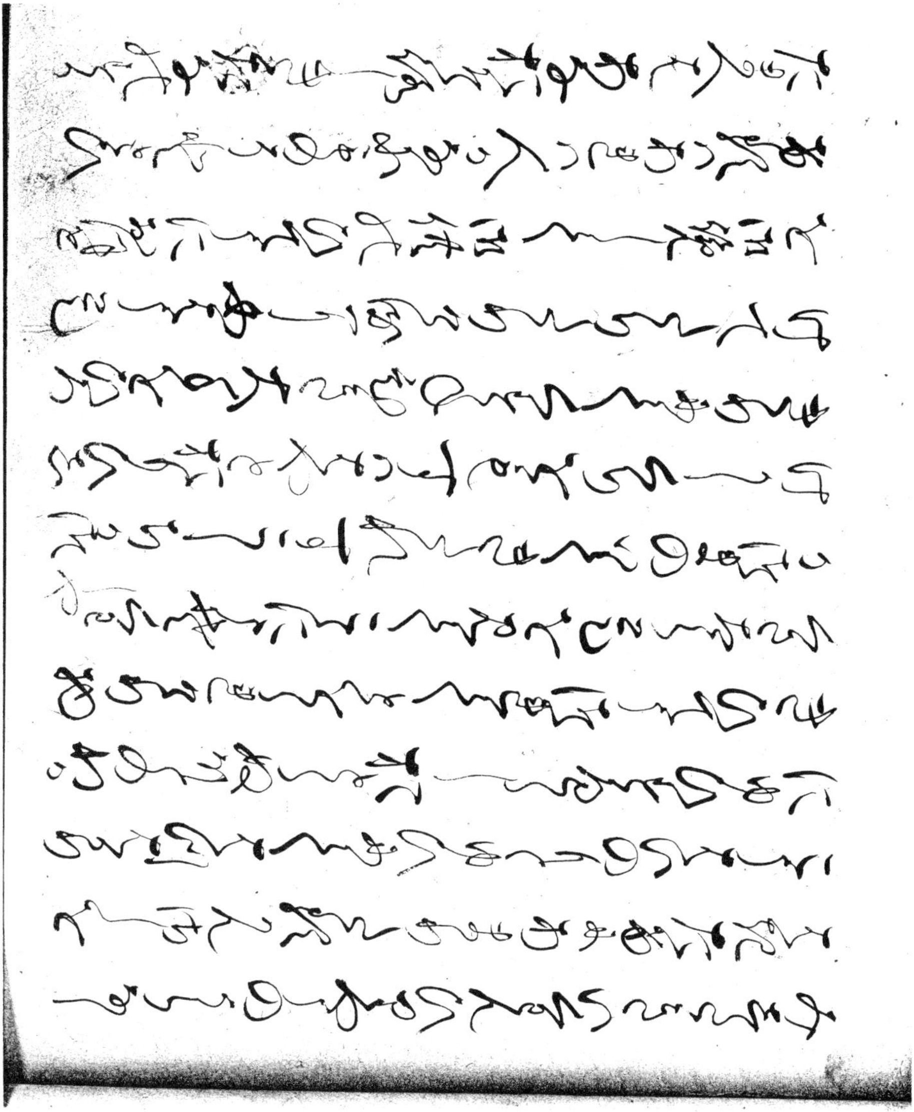

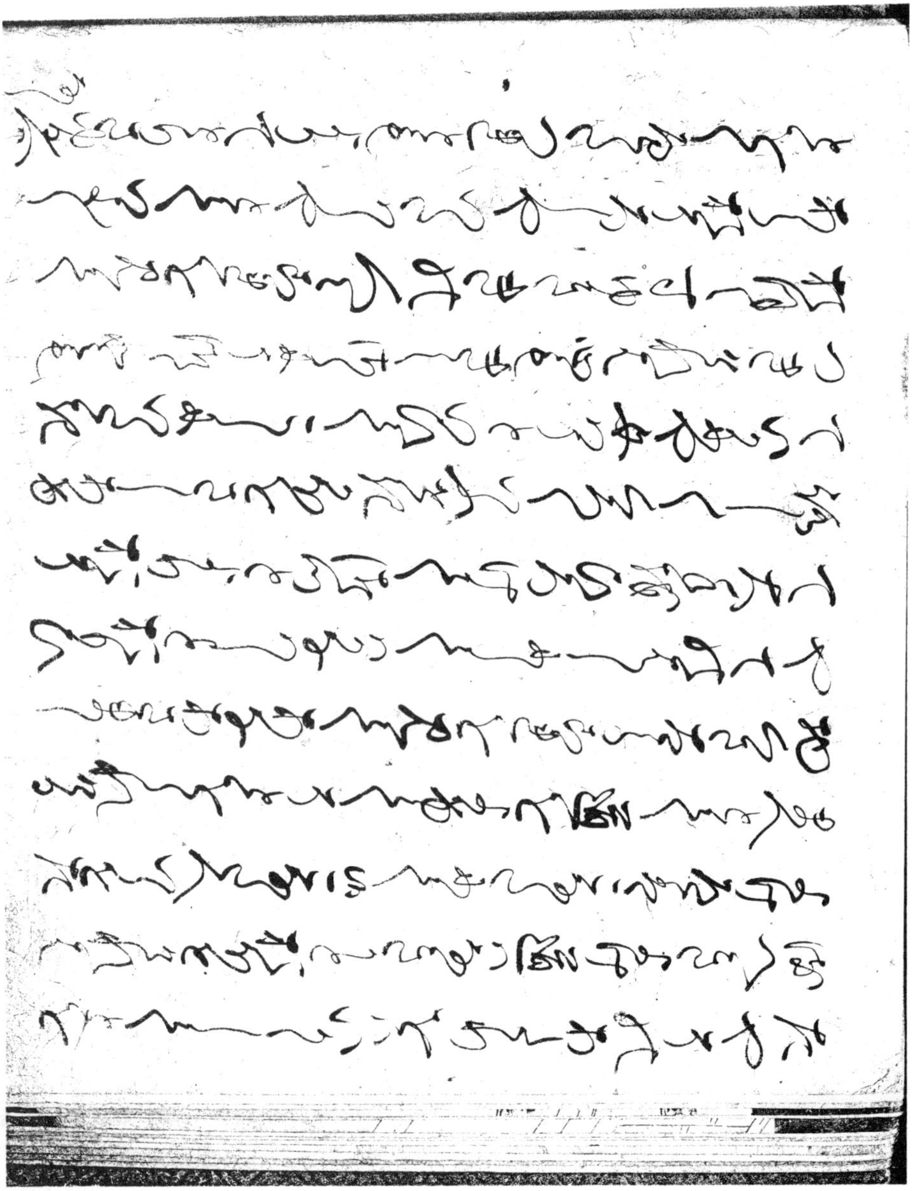

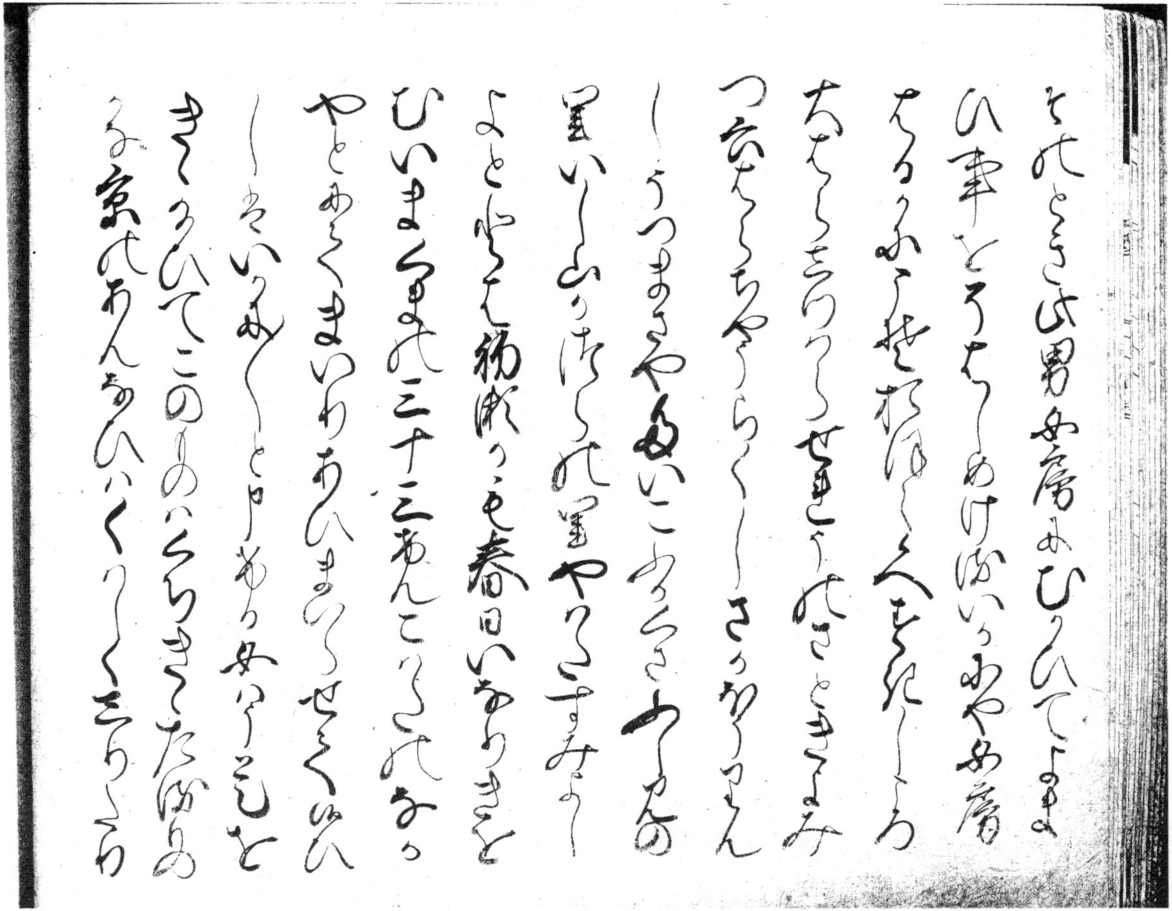

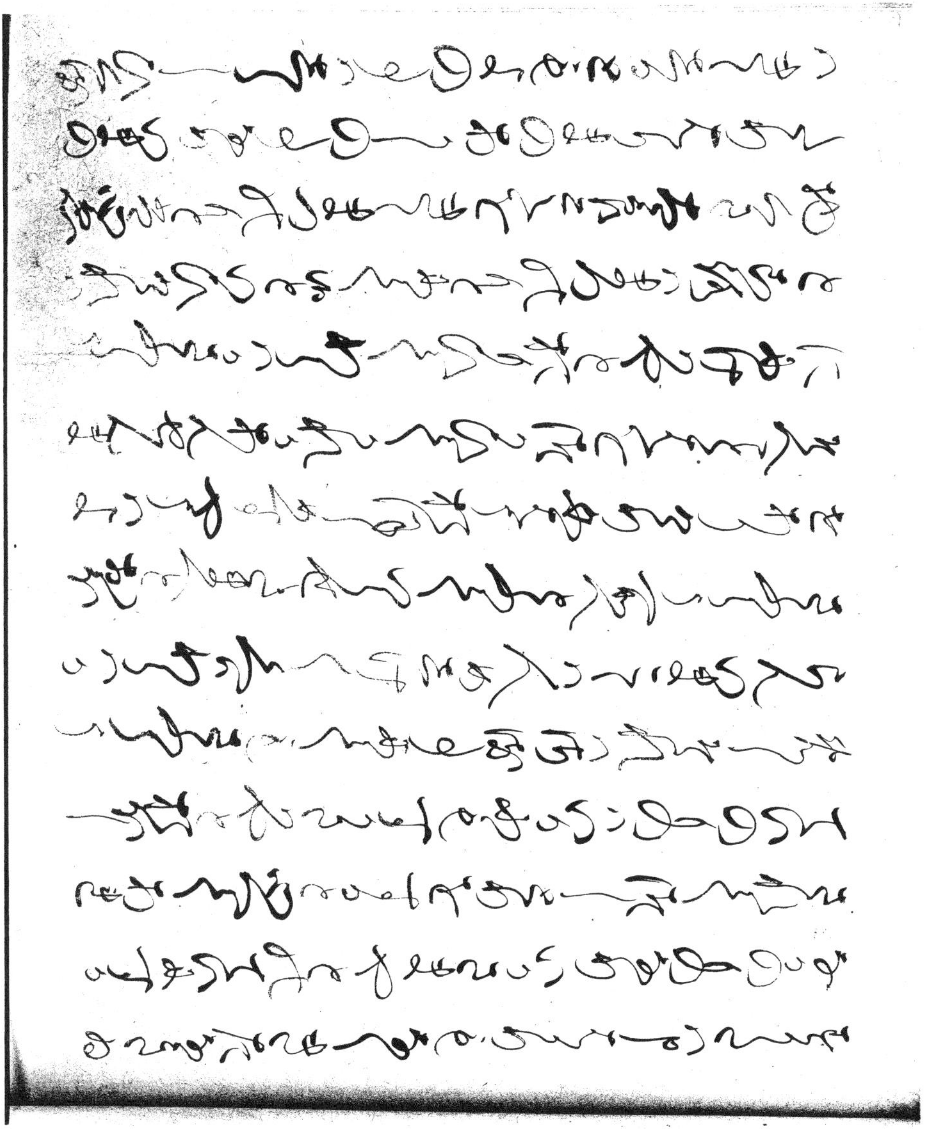

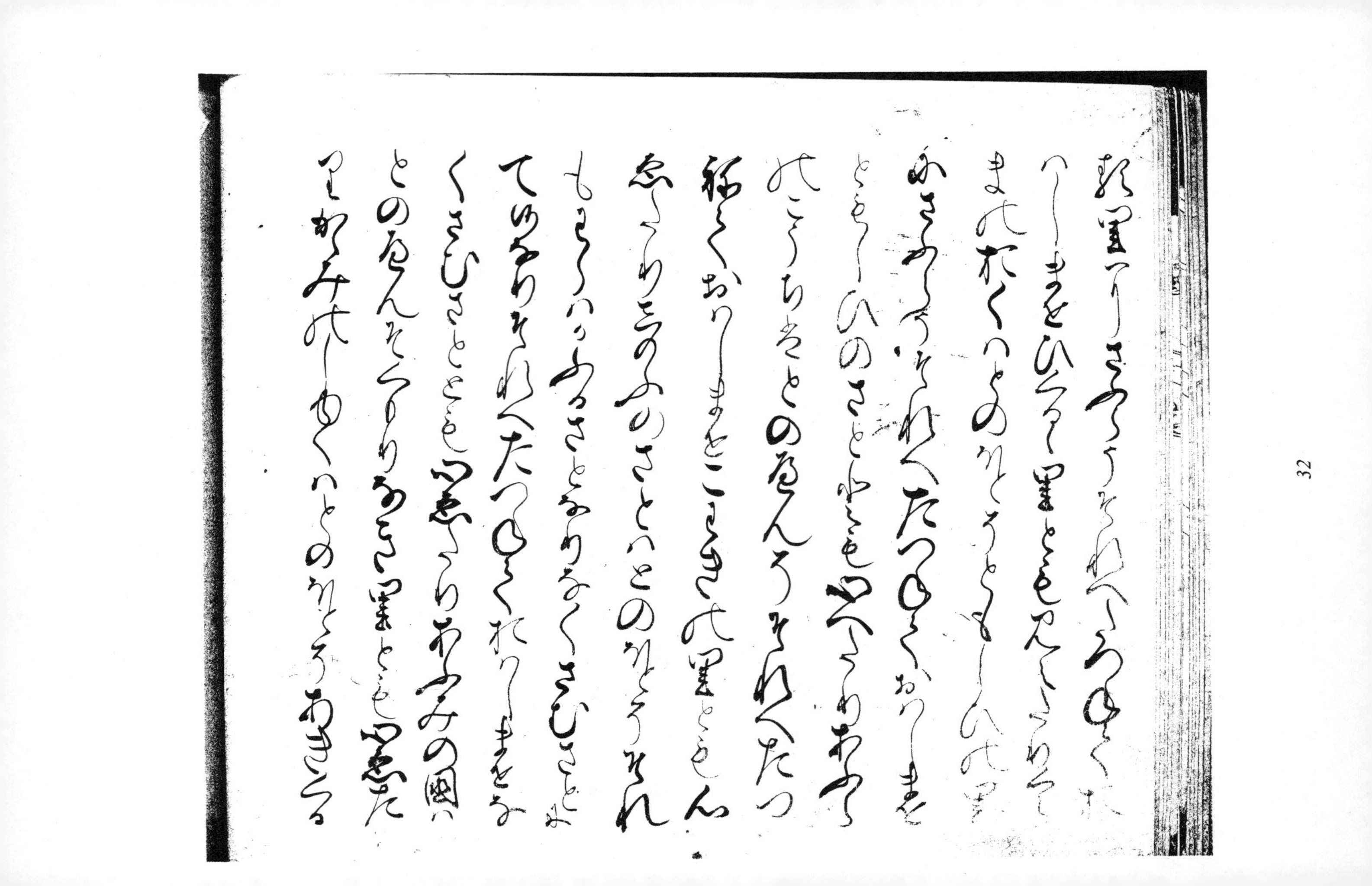

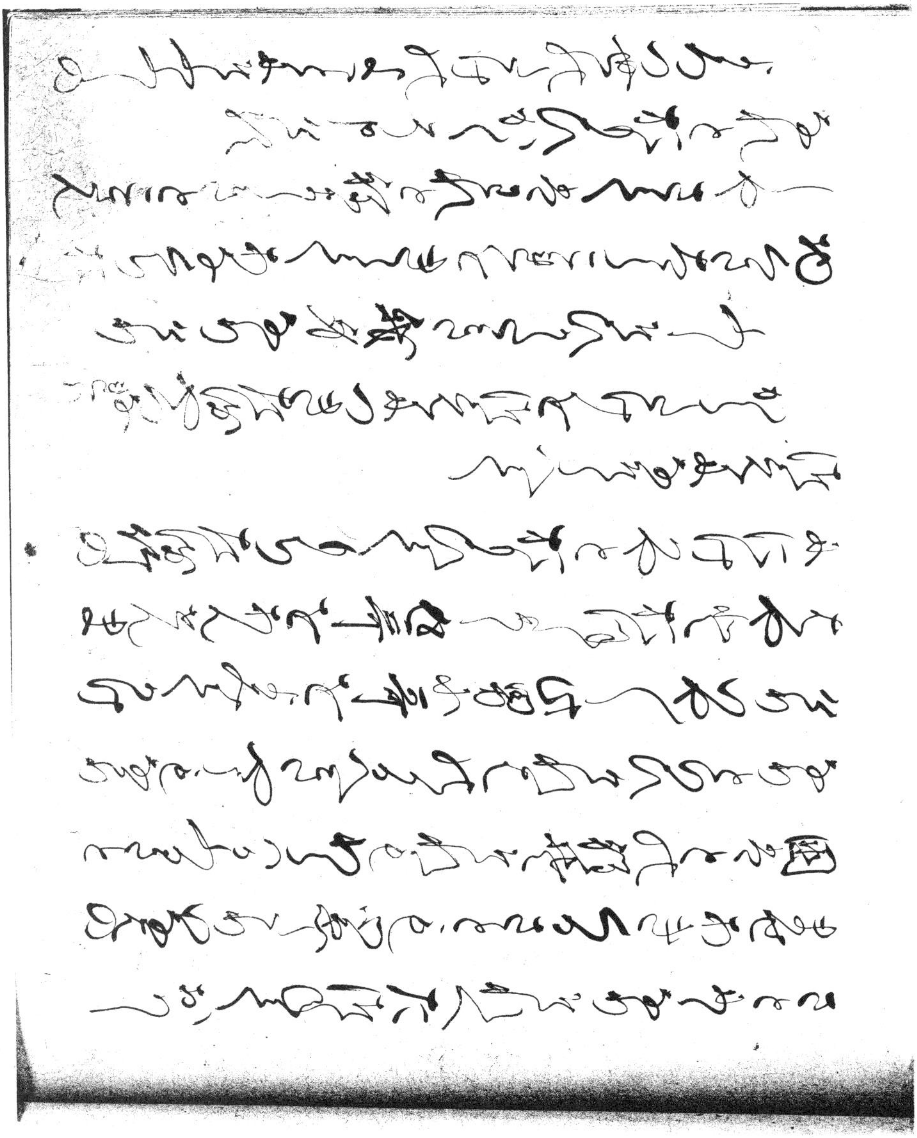

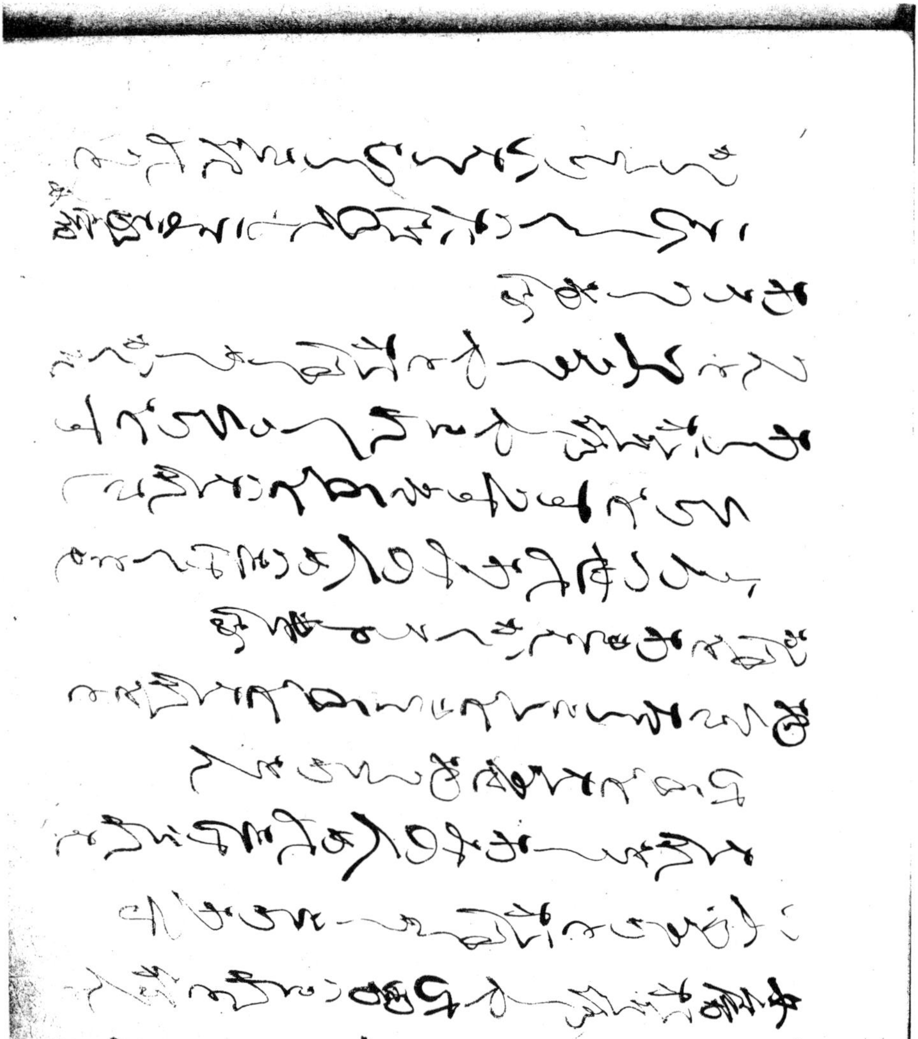

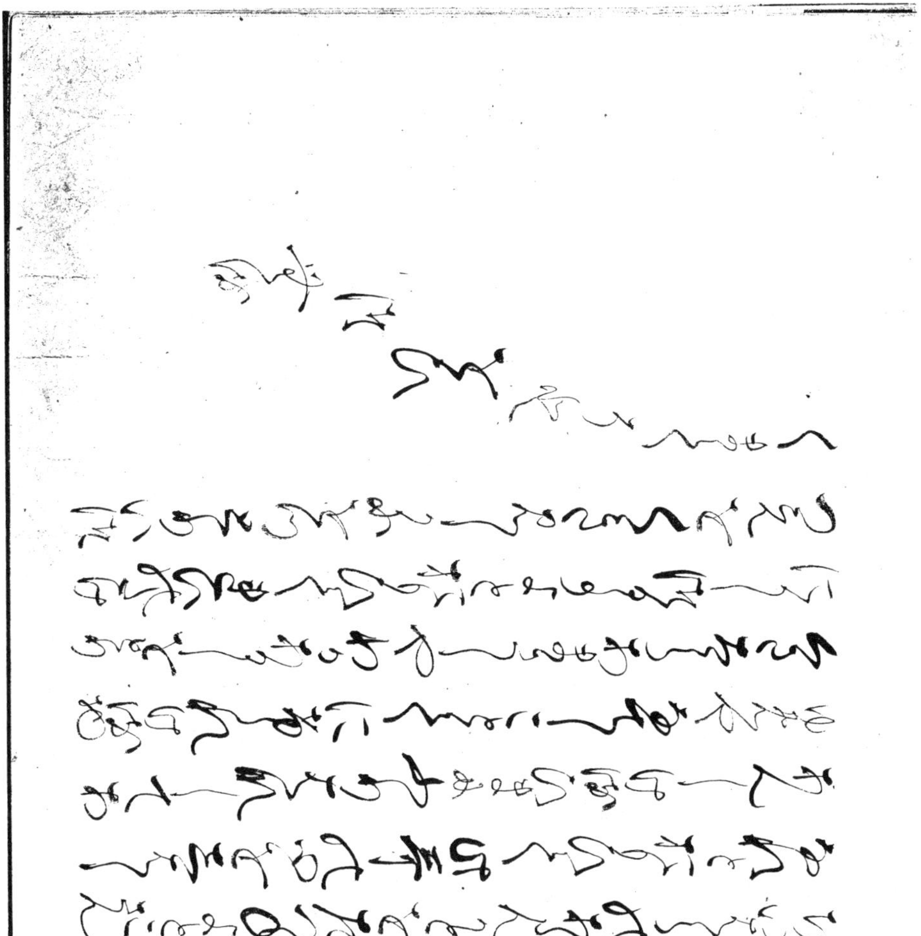

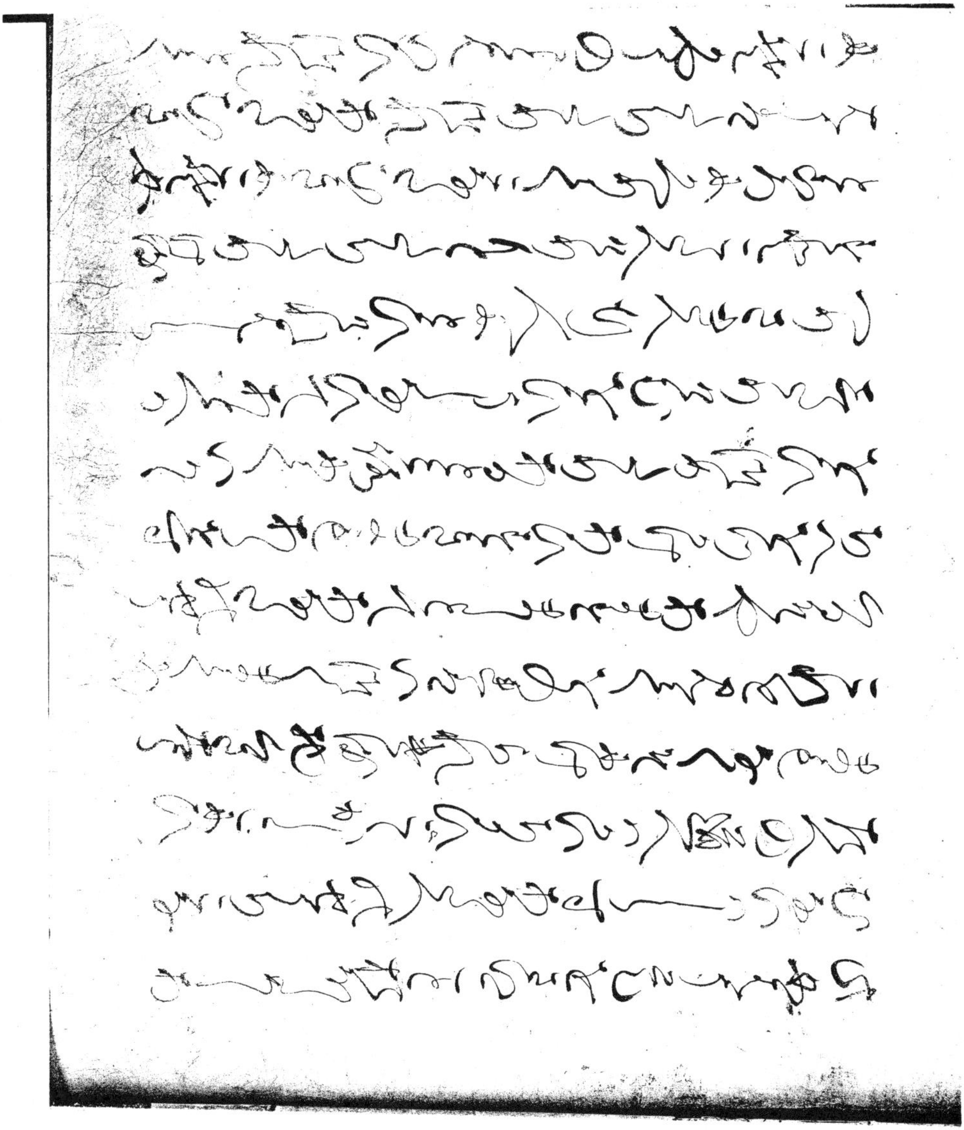

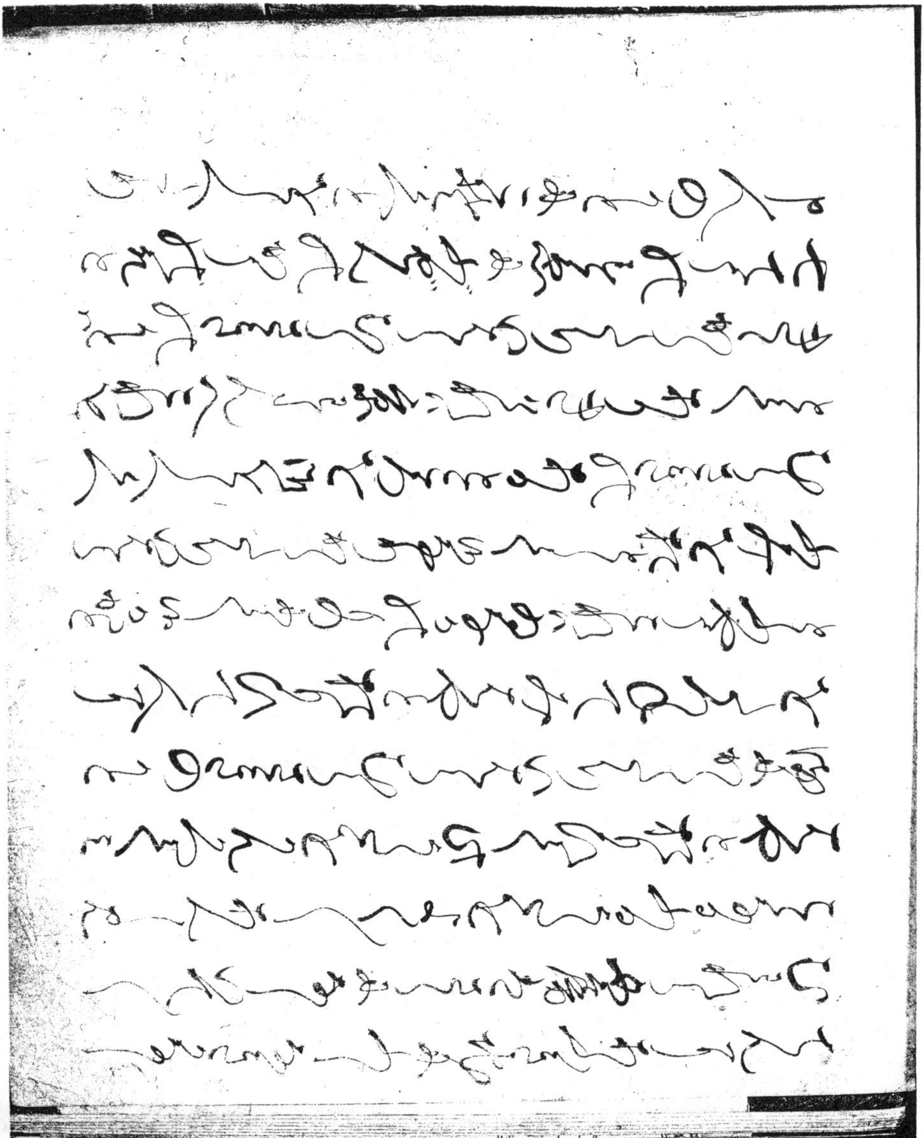

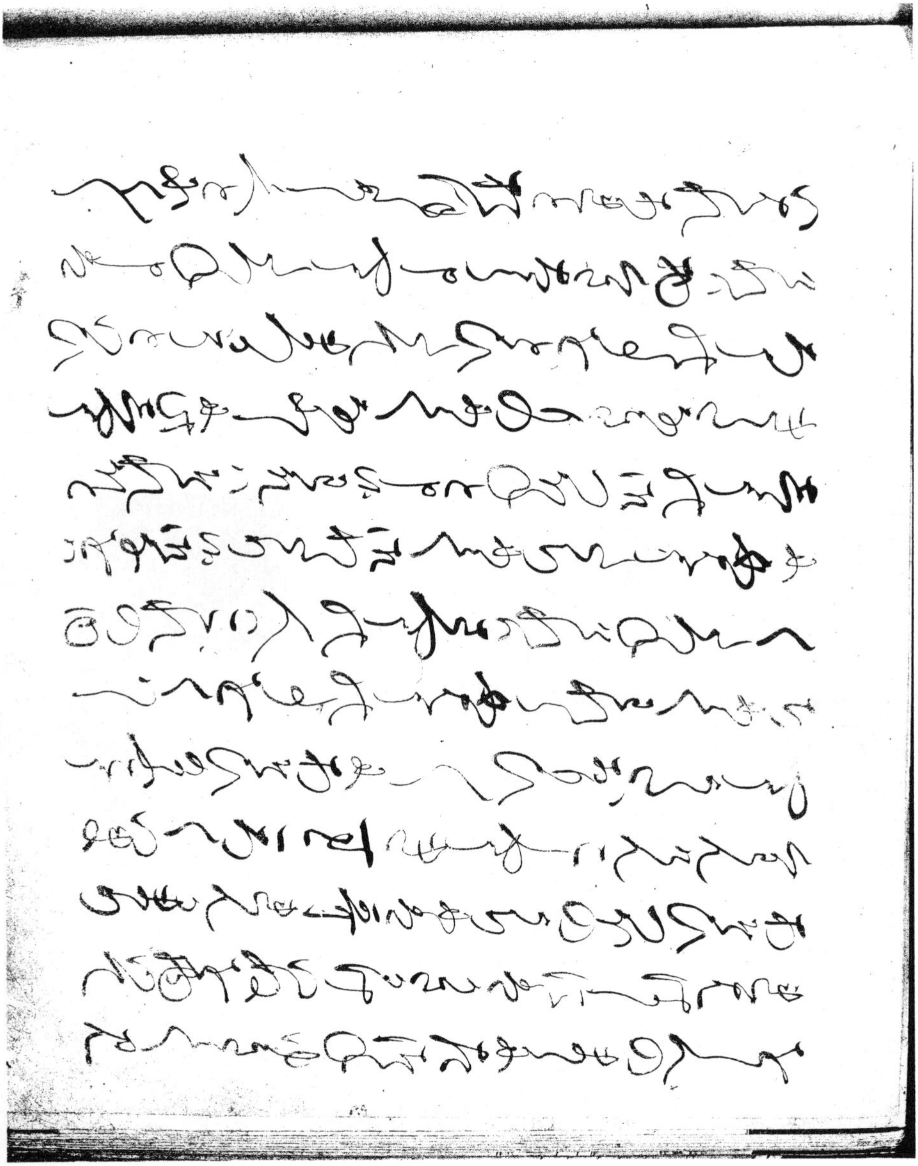

とぬすしく文ハ人〻めてたく候と
おもひく忘れ候て人あひ入られ
承りわかれまゐらせ候のいて
きたれハせかく一同見たやとた
りひい参り
かしく
ねゝより
ゝり

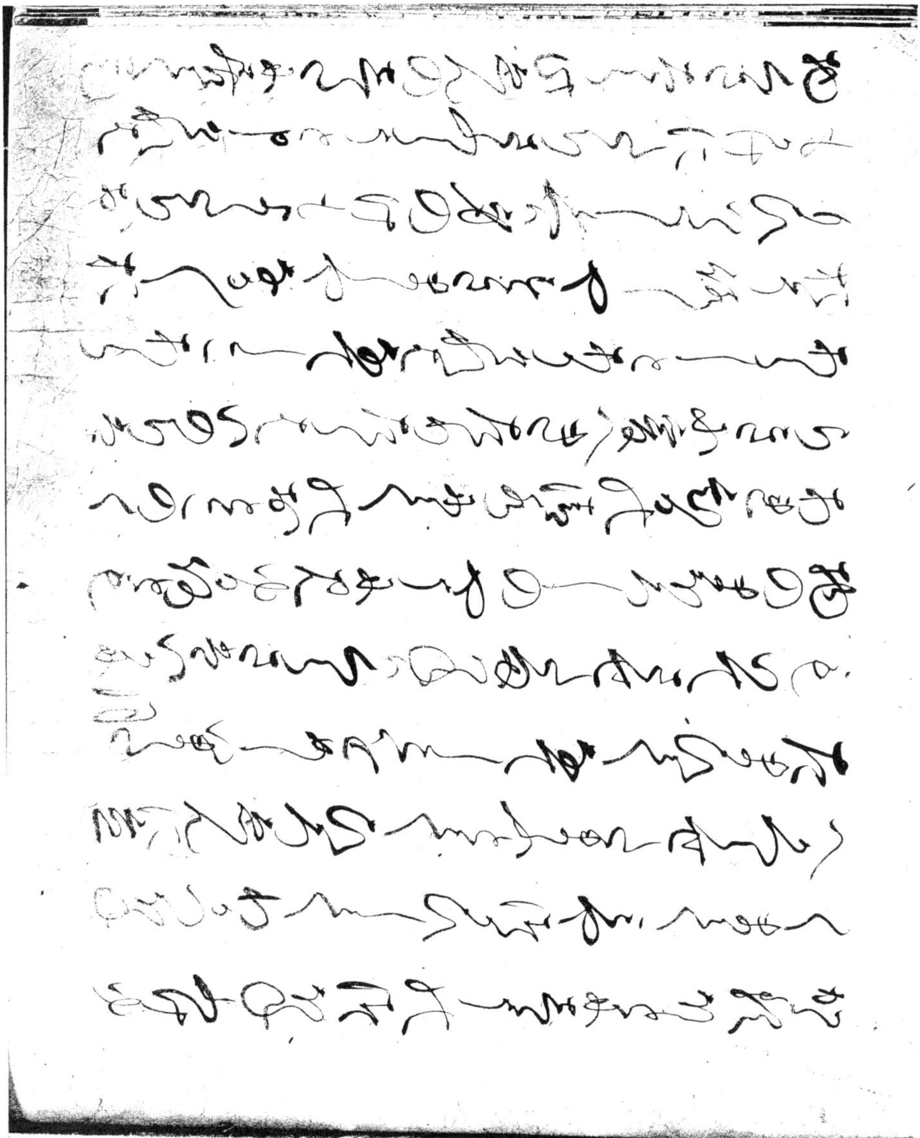

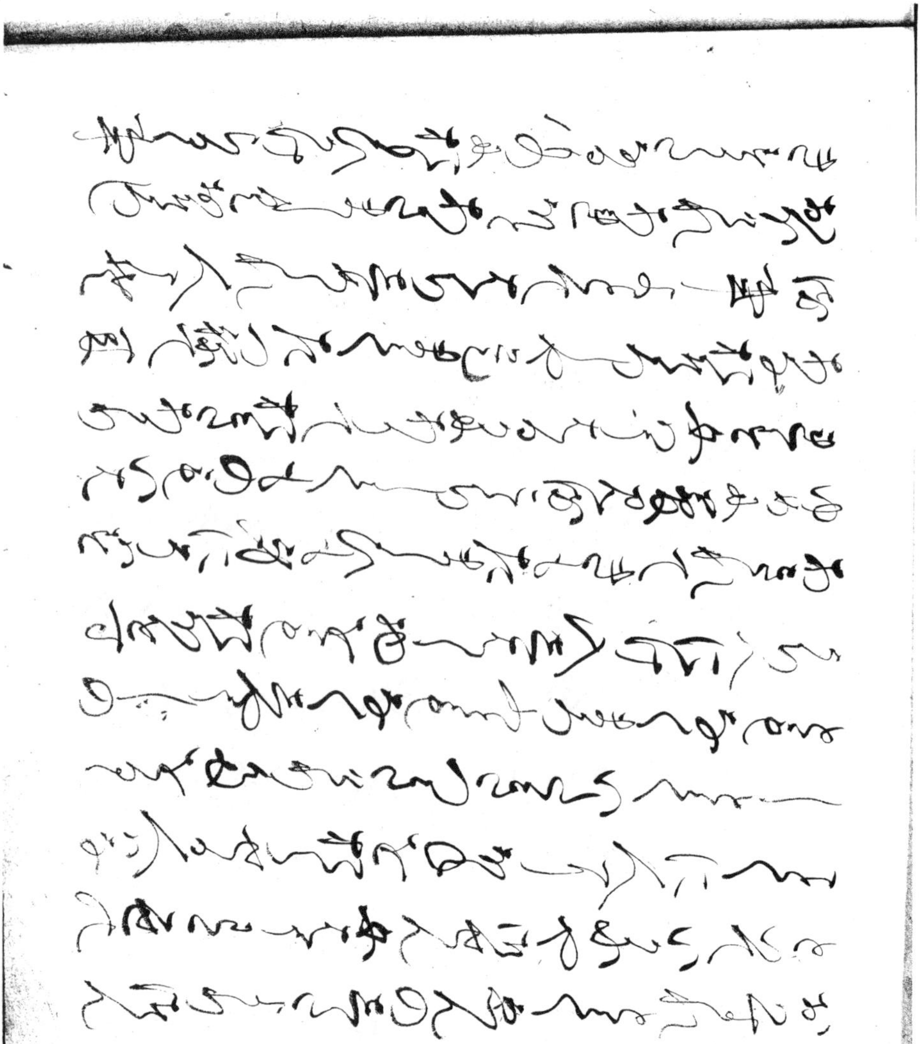

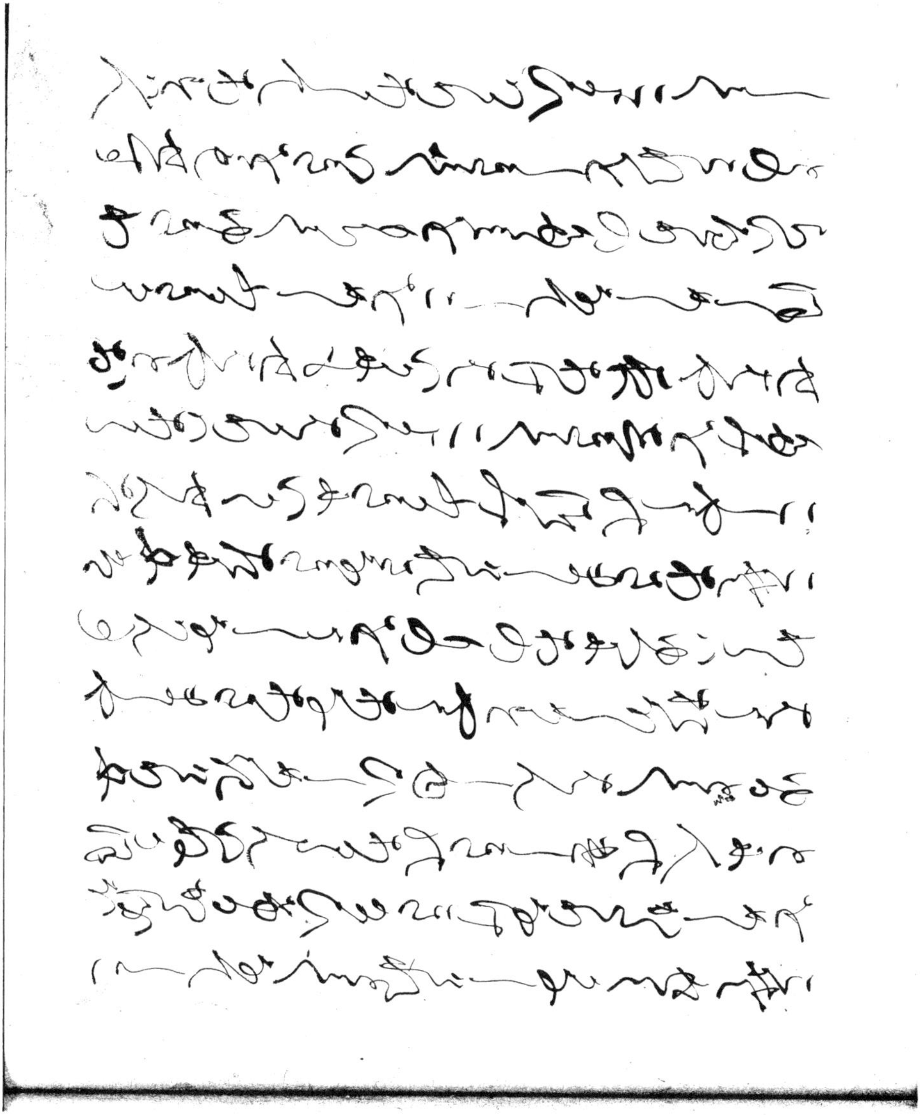

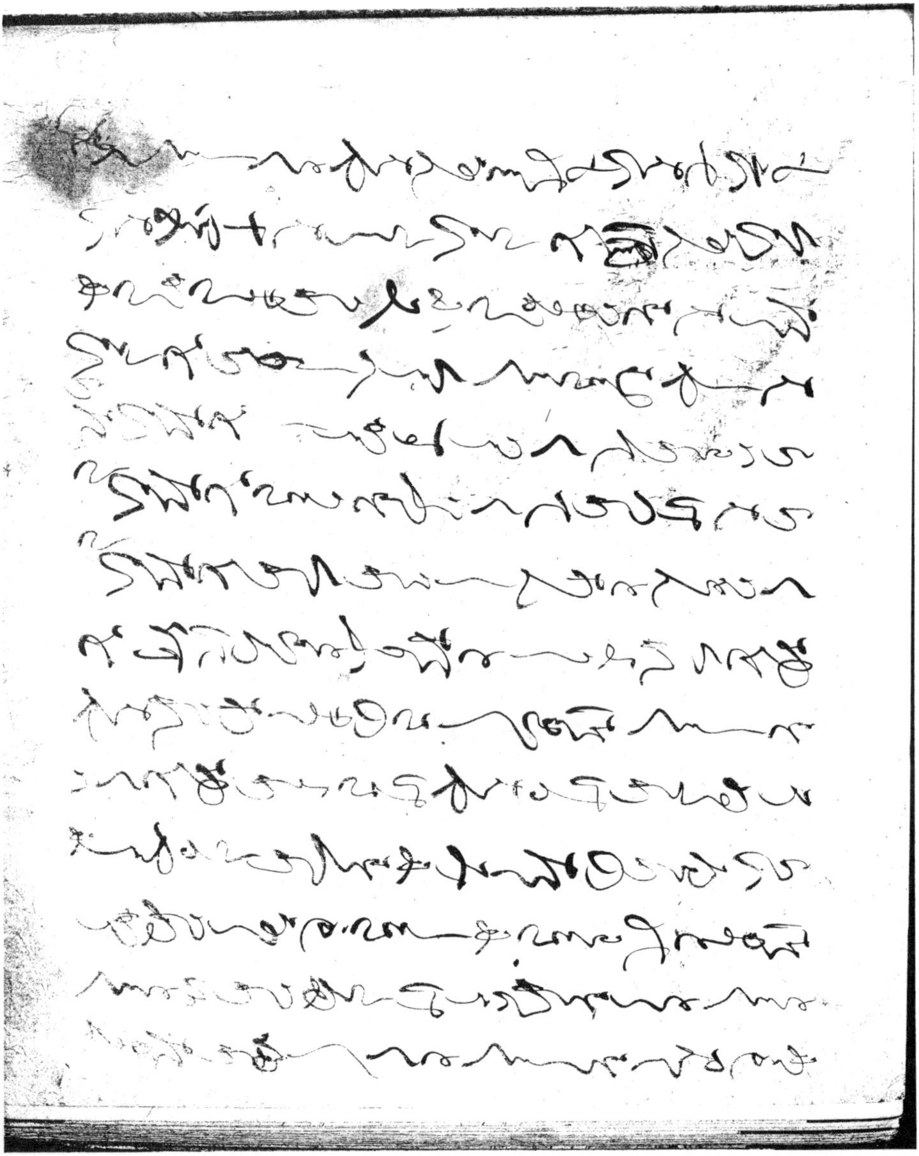

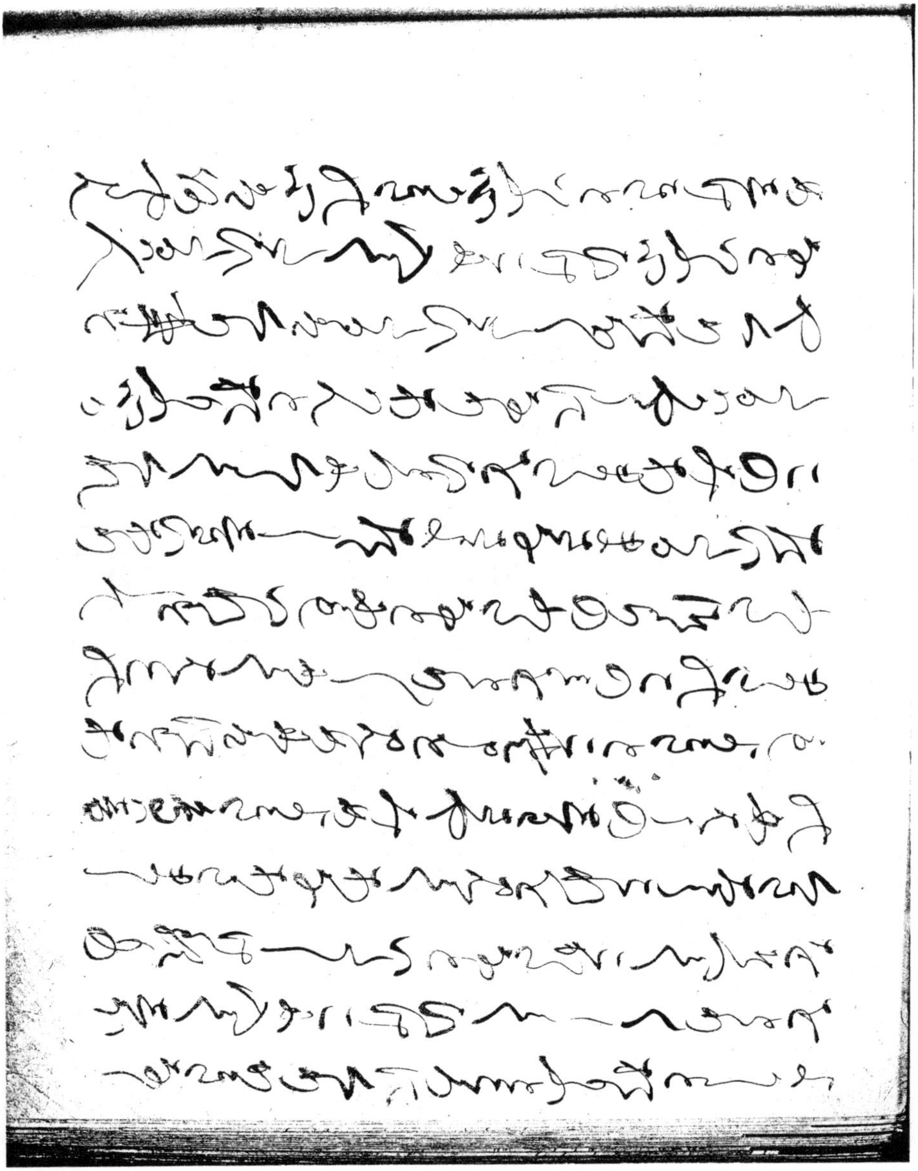

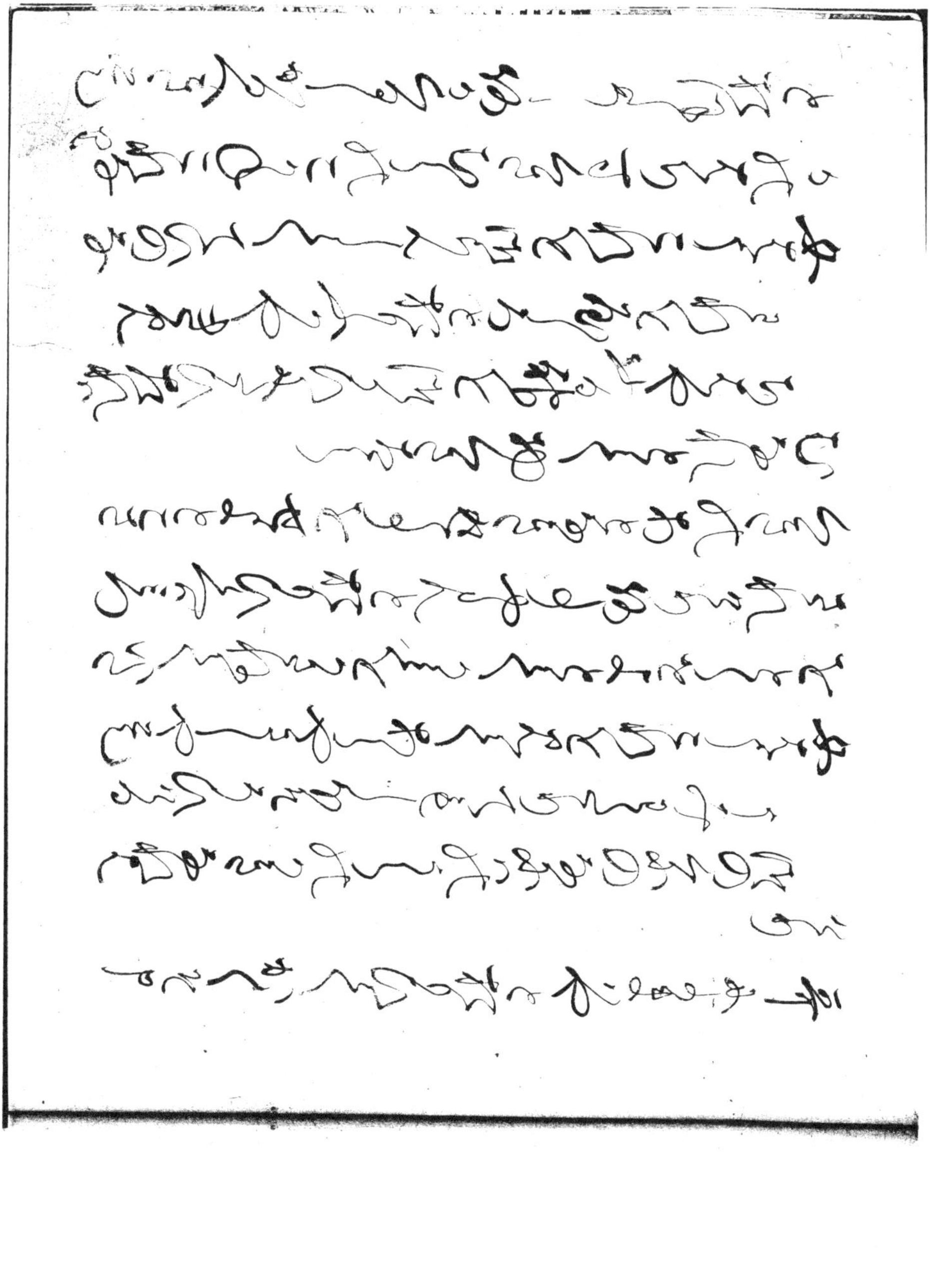

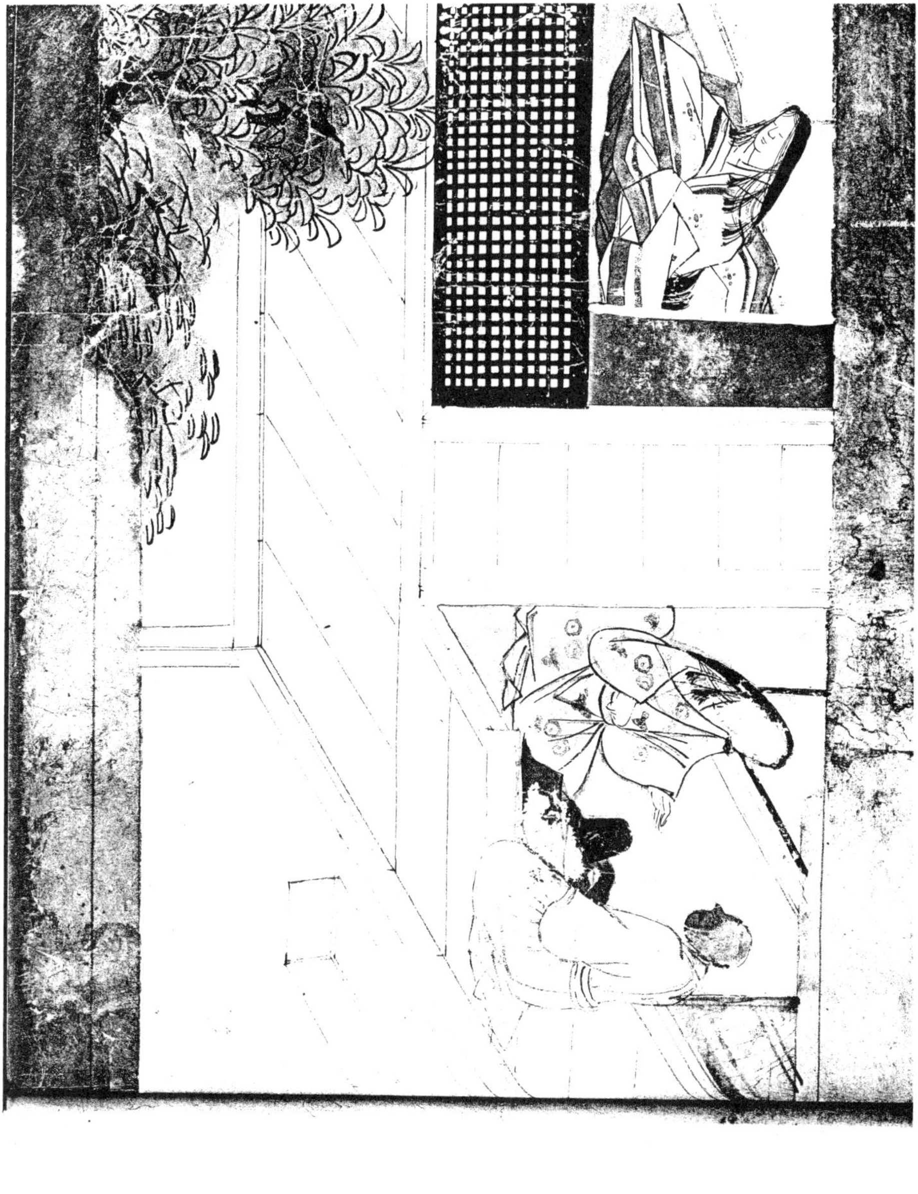

ちうらいの物とハぬきとときさけみ
まゐひてなりふや小神ハここの絵もり
ひきんそうあしふかきそいと
われやうをきさくうんまうにいなゑ
のこ猫をとくらふなんとるなとくらん
いさゝおあけいれくこちなこそてハ
たれきろやうしさうもとくらハおお
てらなみけさうさありひさわく
なとらるとあそうこかくたくらハ
きせて志ありきせんとくかみをみる
みたりきそ人きやうもすちかい
かとりひそわきたりるすそひくし
されともくらうら人て志かたし

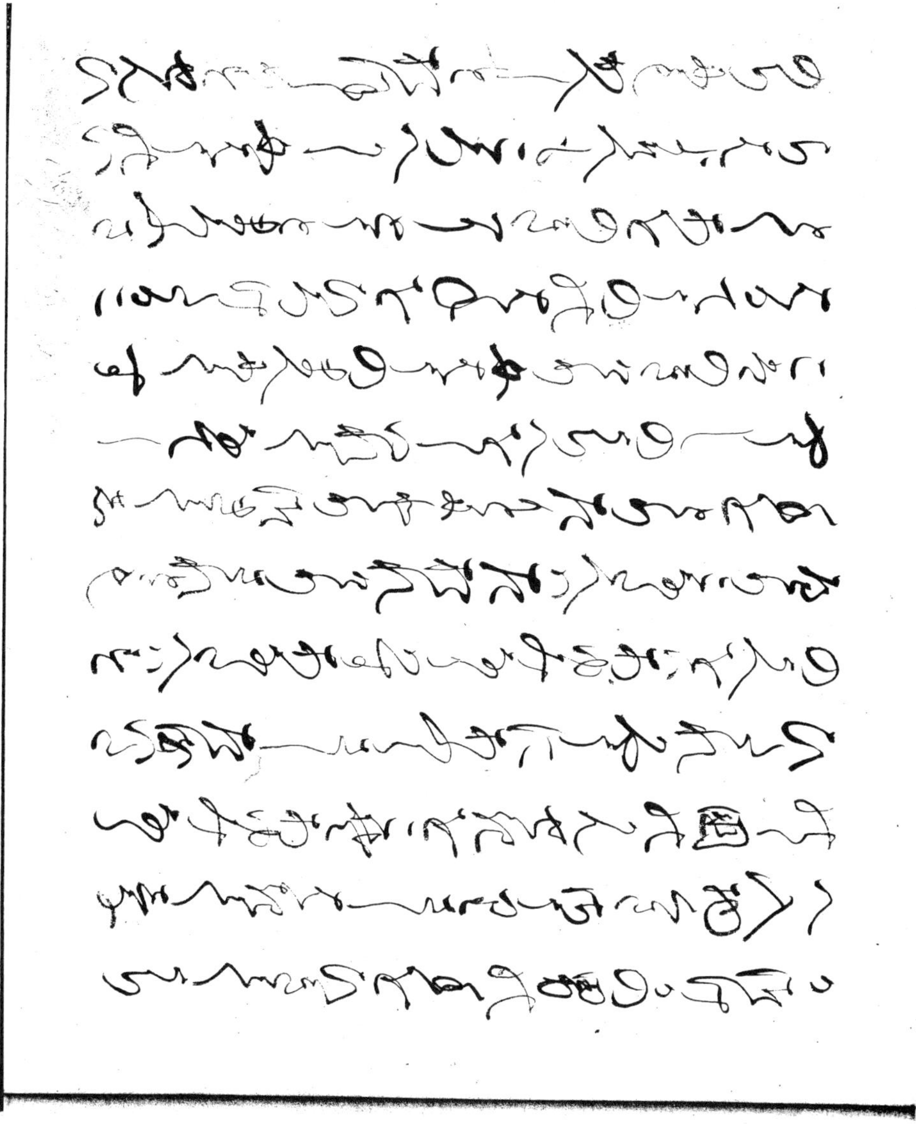

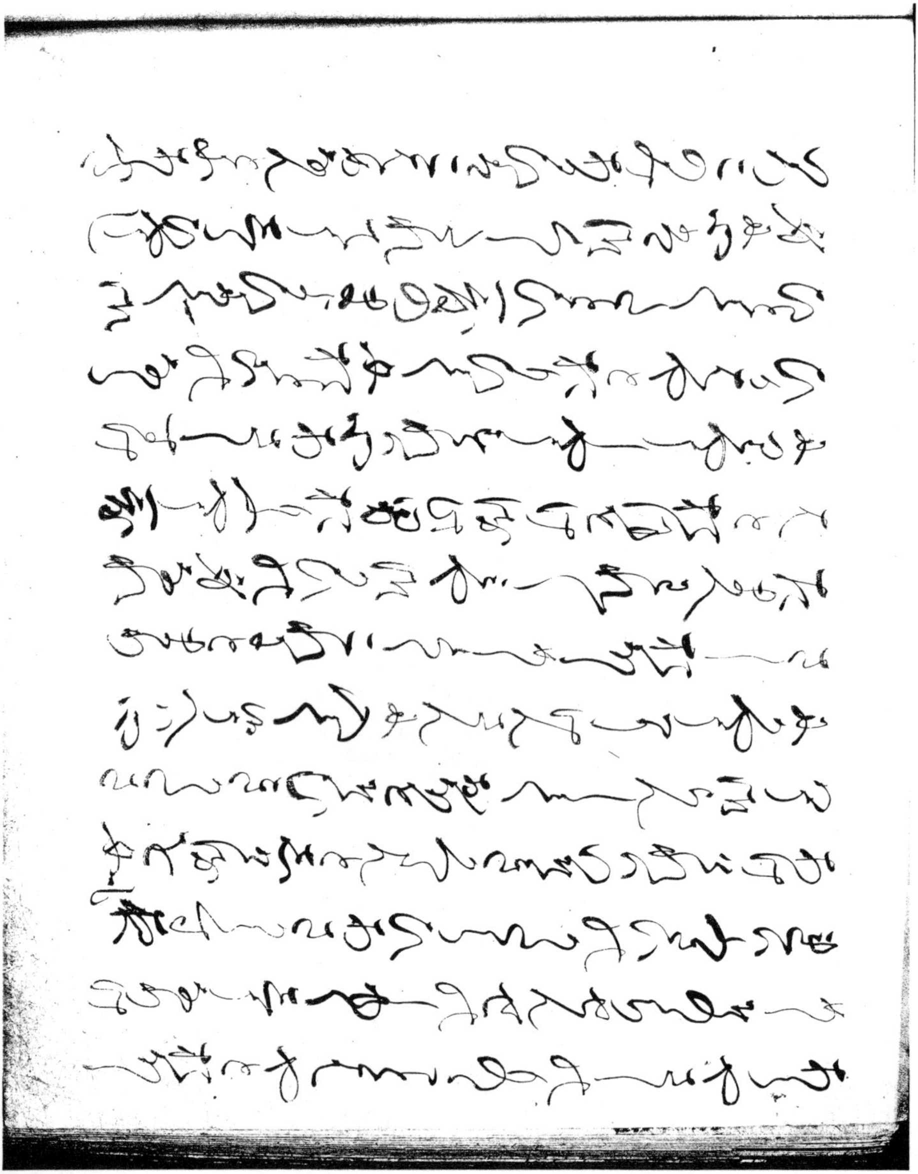

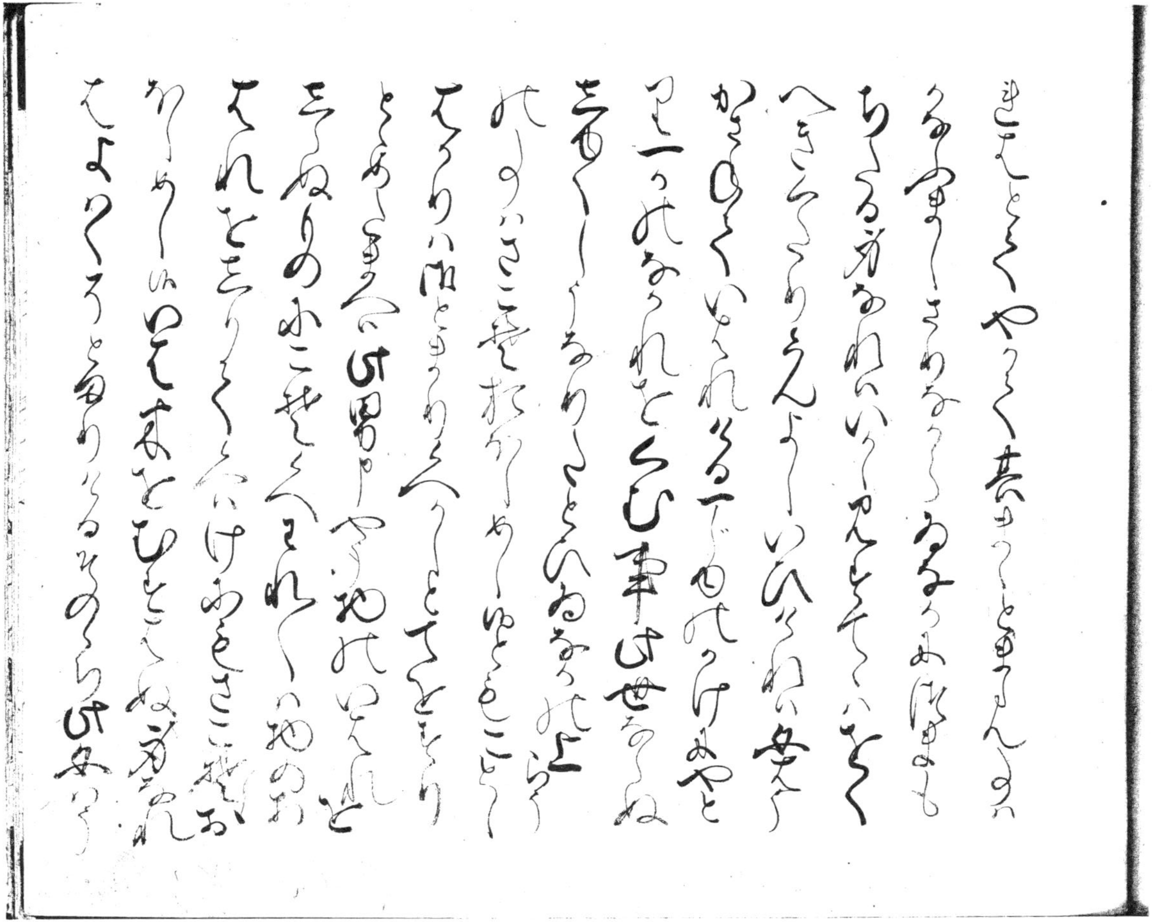

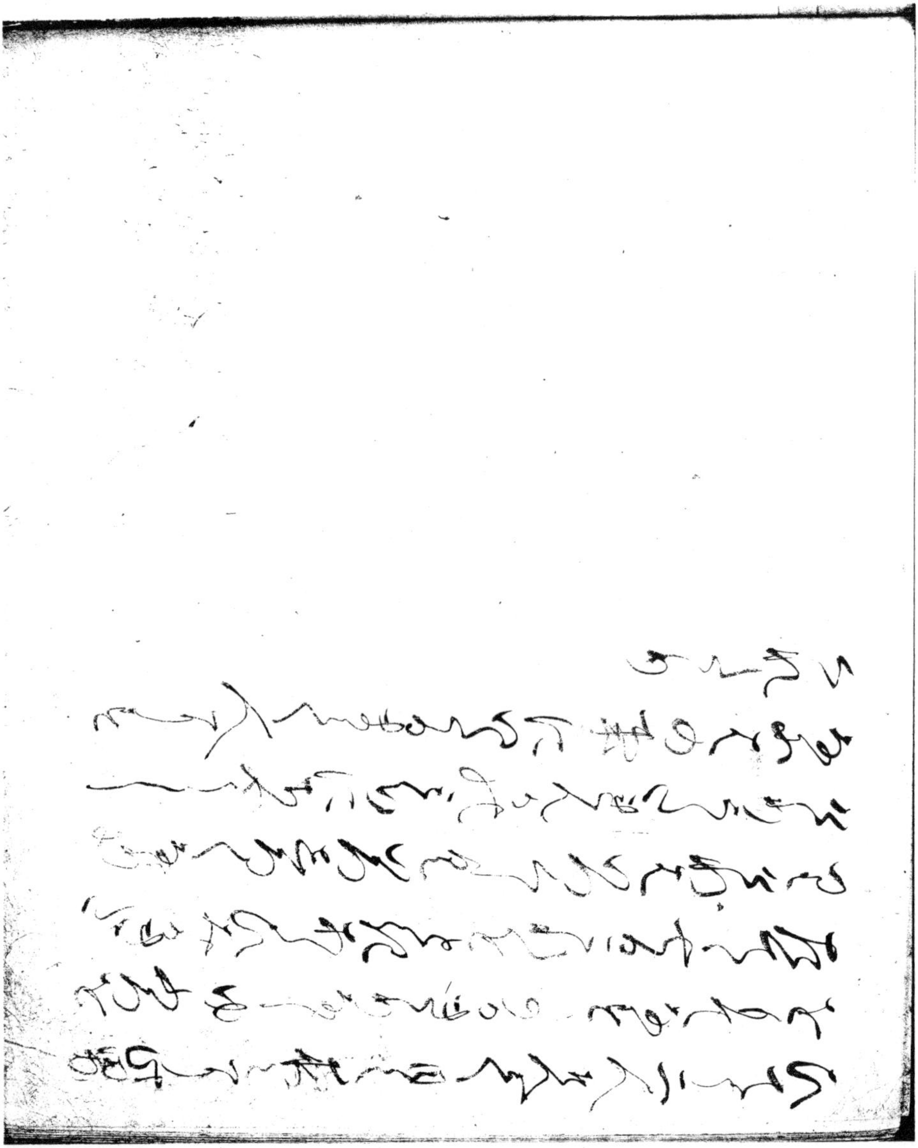

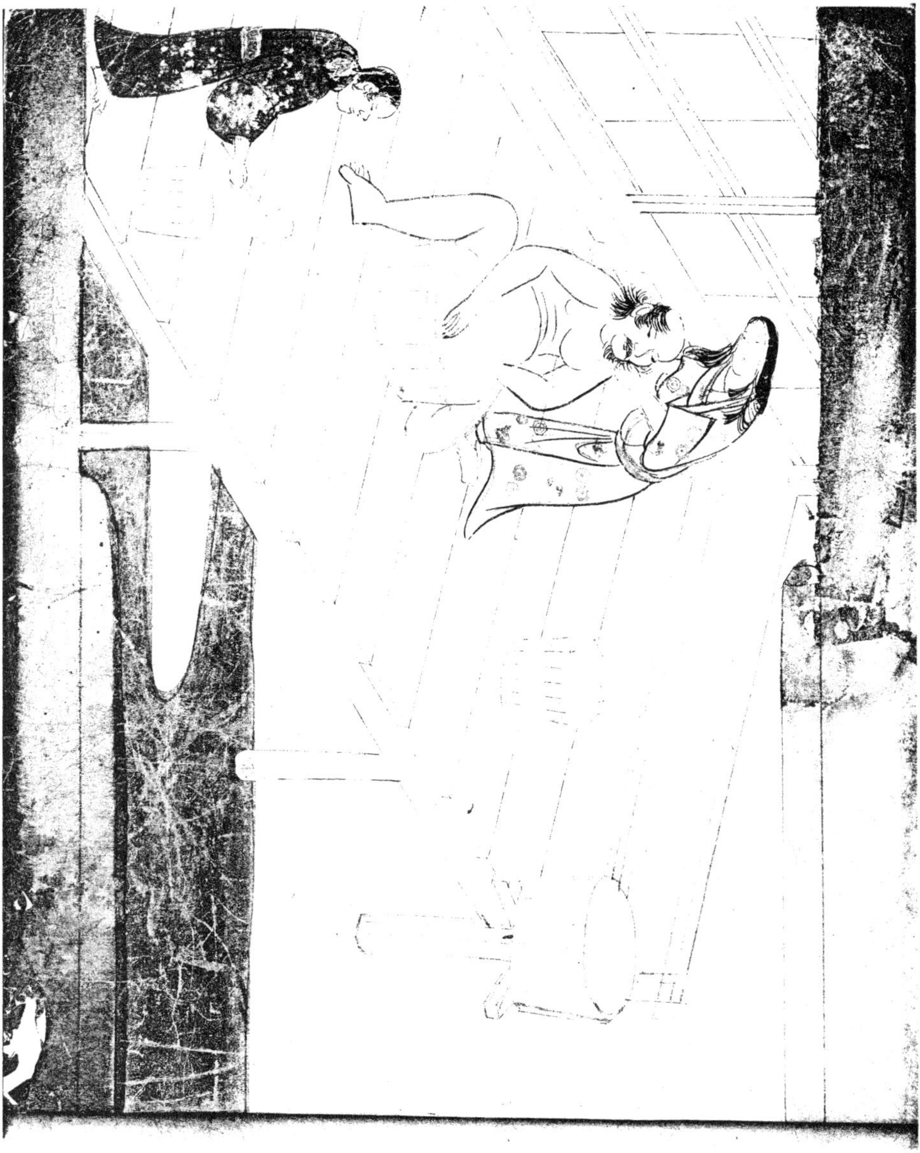

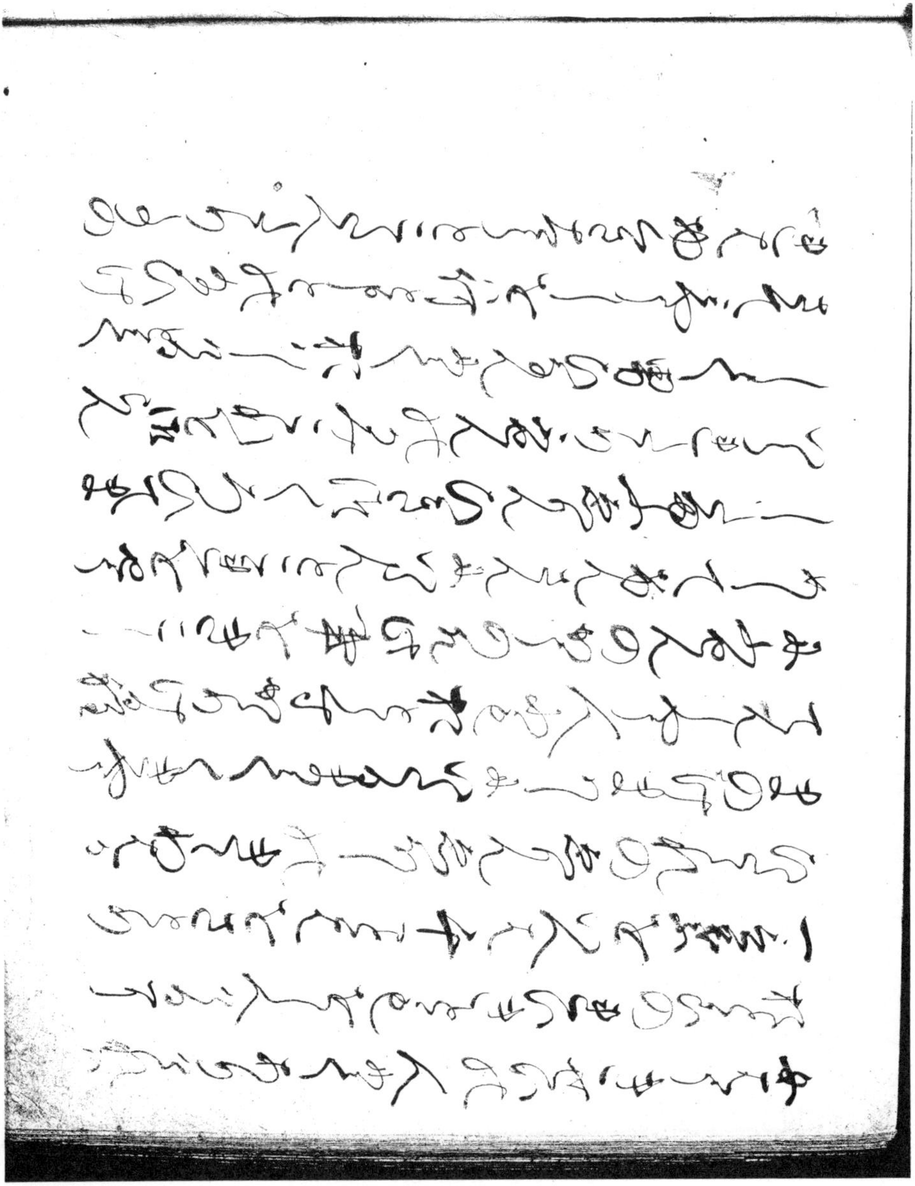

かれこれあるかなしみをとくたてしめ
てうされさえんのやうにおしこえ
さくらかくらくとかくすかりとか内裏
へはのきこえいれえまいれとのせ
ひしかりこかり北東みちりて
めんさんもろれ大こくてんめされ寺
まんつきやしすときこしめし一首
ほうまはれとせんしあるぬとたい
あわれなみひらおもつて白梅みそへ
すれとひらひくさく候るとよみ
それなれ
うくひすのねをきくる念佛さこゆる
ひとれれたるうきいさしやてるみいさ

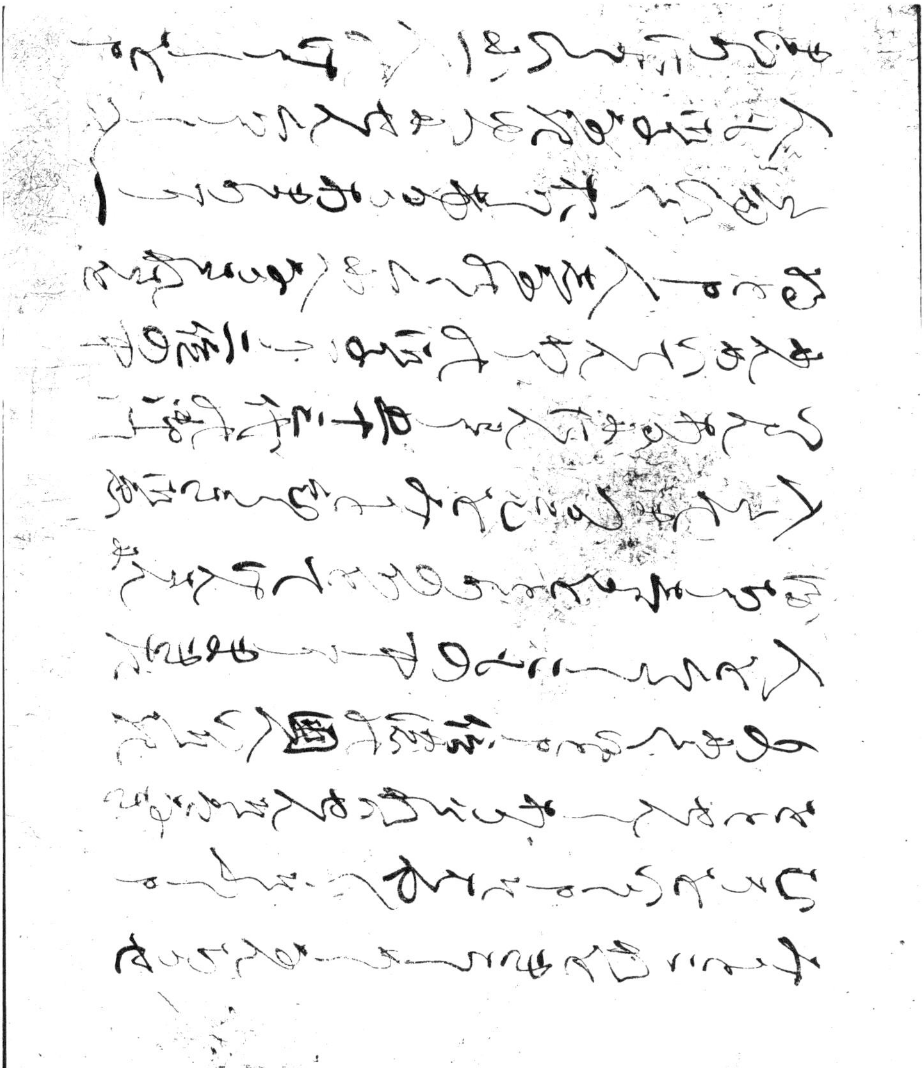

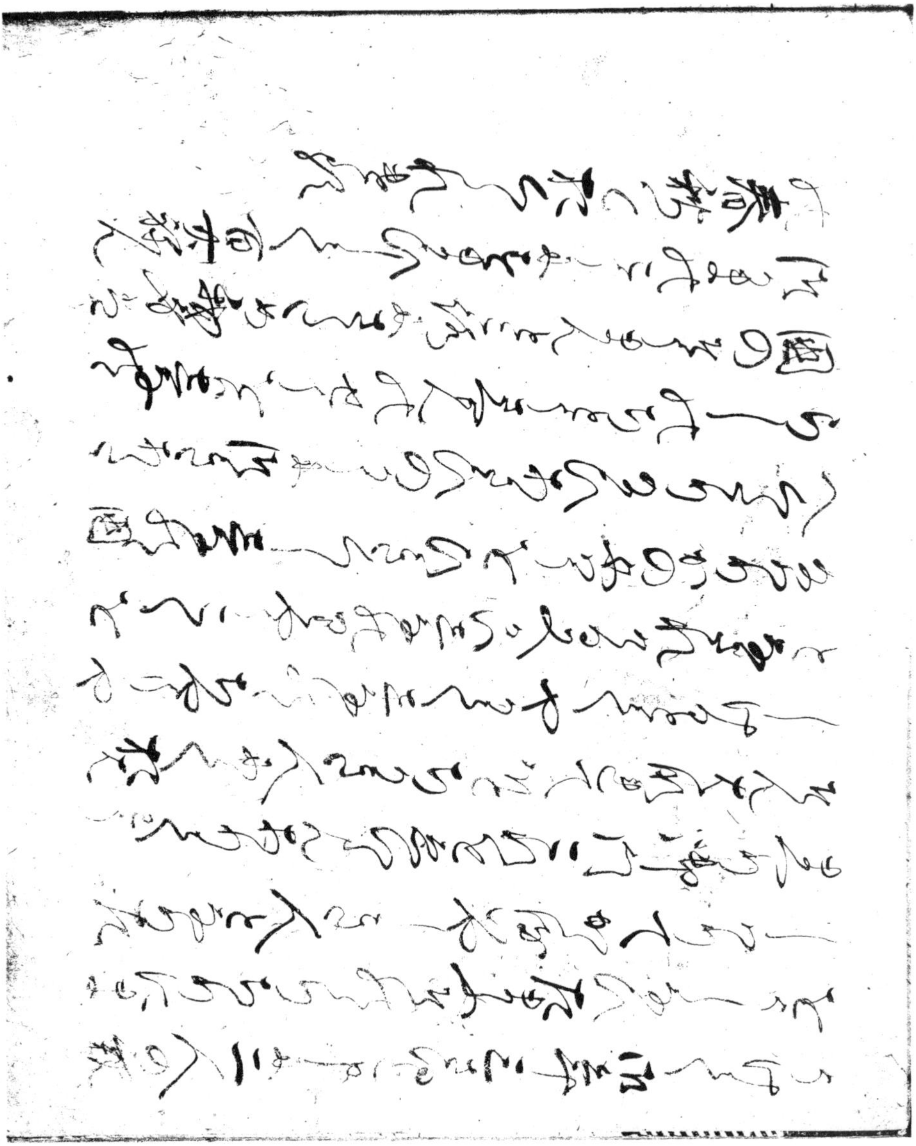

ましまする(?)れいちうのとゞけ候はゞ
なりの大明神とあらはれたまふ也
そのあさ日のごんげんとあらはれさせ給ふ
これそりんとくてんわうにて伊時(?)にあらはれ
そもくせむそうのかみとあらはれ男女を
まもり給ふ悪をんりやうのはらひくしん大(?)
やへとのちうひやくれいにます神は
かんちゞとあらそひとたゝかひによろこひ
ありて共に人をまもりなまふことゝかれ
かんへいさいわいにあさこころくちん
によとるにさらぬへくさもないあらん
人のふそかくのこくあらへこしてれ
らんそんへを付すもてしけとやさし
くわりたふへきもの

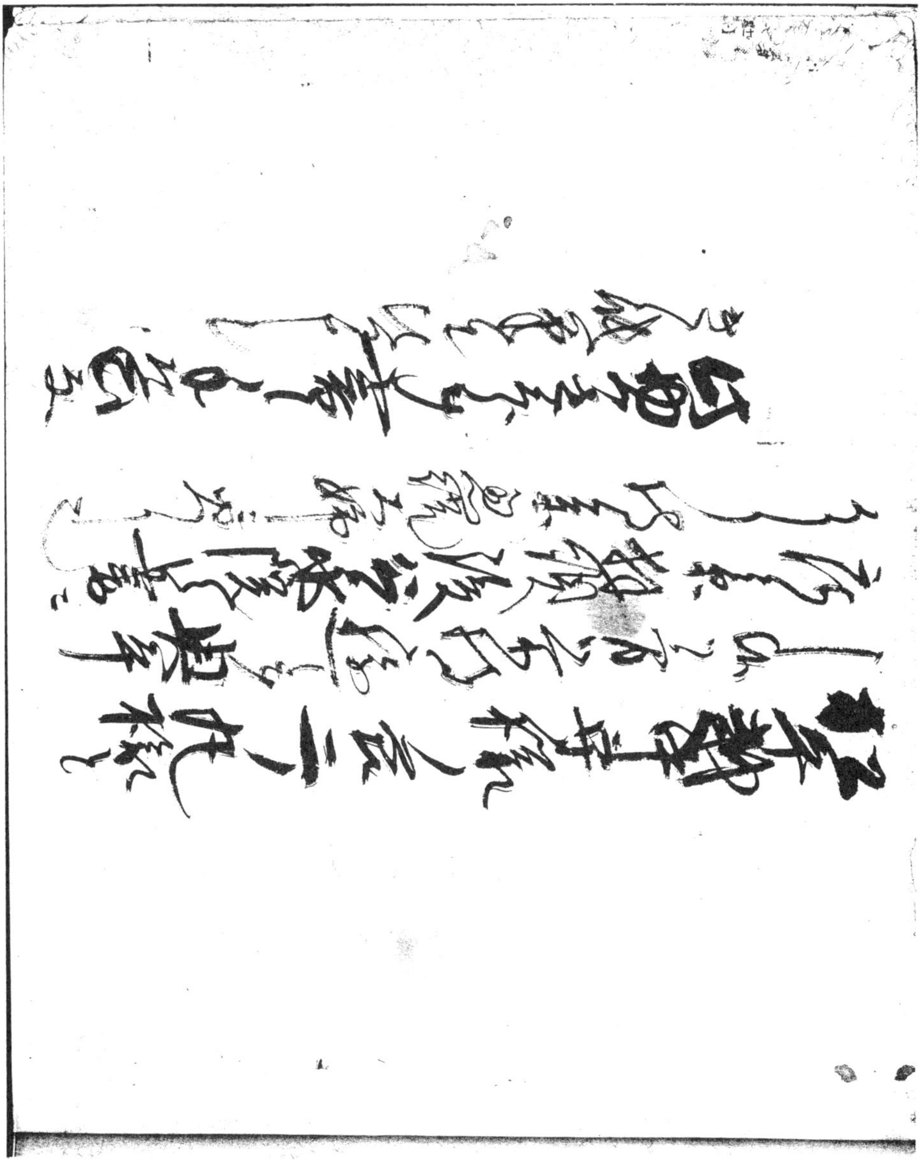

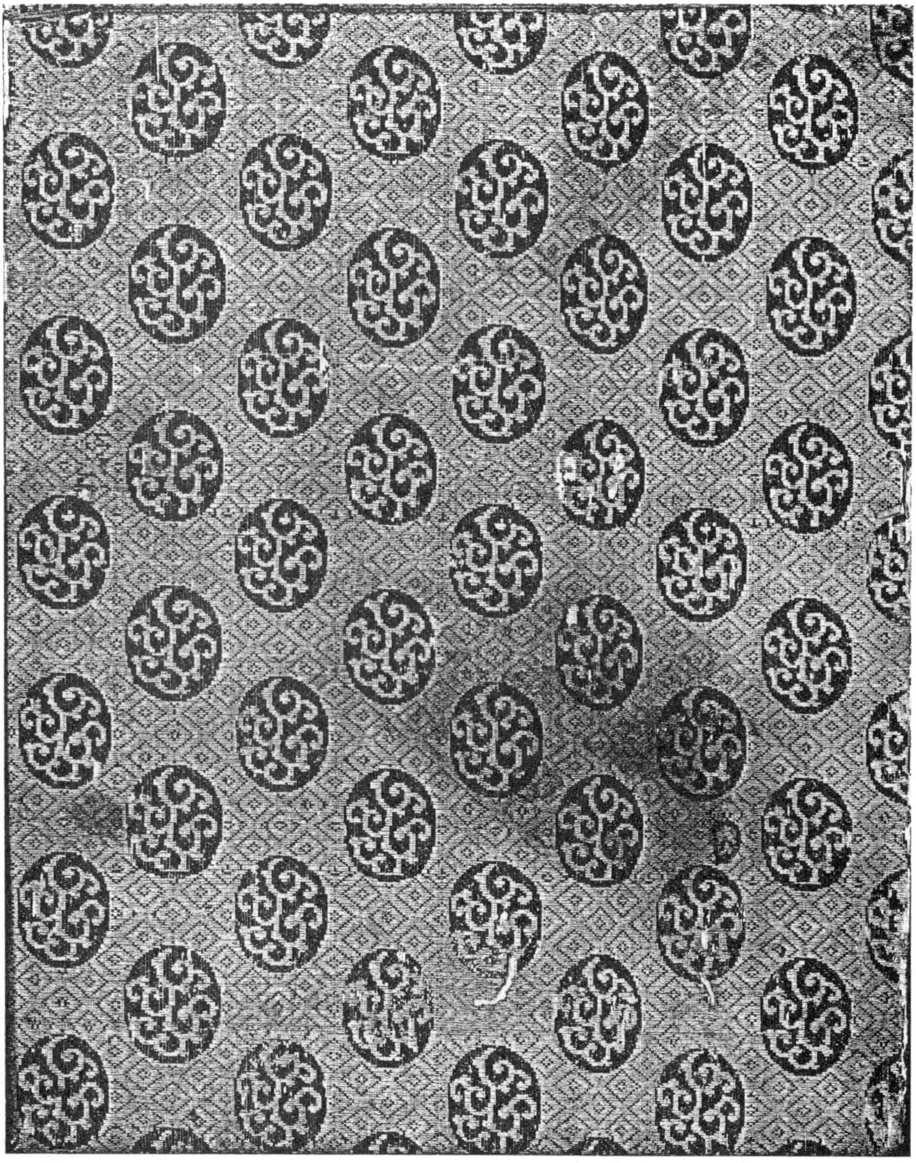

解　題

『物くさ太郎』は、庶民物の代表作品。最終的には本地物の要素も持つ。物くさ太郎は和歌がうまいことによって、婿入りに成功し、帝にも認められた。その意味では歌徳説話でもある。『物くさ太郎』は、室町期に至る古写本がなく、本書は最古写本の一つ。その内容は以下の通り。

信濃国つるまの郡あたらのし郷に、物くさ太郎ひぢかすがいた。物くさ太郎は、仕事もせずに養われていた。ある時、あたらしの郷に長夫が当てられ、物くさ太郎が京へ行くことになった。物くさ太郎は急に一生懸命働くようになり、帰郷する時に嫁を捜しに清水寺へ出た。一人の女を追い回し、問答の末、女の元で暮らすことになる。和歌がうまいことが評判となり、帝にも認められ、信濃の中将となり、やがておたがの明神と現れた。

以下に、本書の書誌を簡単に記す。

所蔵、架蔵
形態、奈良絵本、袋綴、一冊
時代、［江戸初期］写
寸法、縦一七・六糎、横二二・三糎
表紙、後補繻表紙

外題、なし
内題、なし
料紙、斐紙
行数、半葉一三～一四行
字高、一三・九糎
丁数、墨付本文、三三丁

室町物語影印叢刊27

物くさ太郎

定価は表紙に表示しています。

平成十九年三月三〇日　初版一刷発行

©編　者　石川　透

発行者　吉田栄治

印刷所エーヴィスシステムズ

発行所　㈱三弥井書店

東京都港区三田三―二―三九

振　替〇〇一九〇―八―二一一二五

電　話〇三―三四五二―八〇六九

FAX〇三―三四五六―〇三四六

ISBN978-4-8382-7056-9 C3019